K.Nakashima
Selection
Vol.24

№ 9
不滅の旋律

中島かずき
Kazuki Nakashima

論創社

No.9 不滅の旋律

装幀　鳥井和昌

目次

No.9 不滅の旋律

◉登場人物

ルートヴィヒ・ヴァン・ベートーヴェン

マリア・シュタイン

ナネッテ・シュタイン・シュトライヒャー

ヨゼフィーネ・フォン・ブルンスヴィク

カスパール・アント・カール・ベートーヴェン

ニコラウス・ヨーハン・ベートーヴェン

ヨハン・アンドレアス・シュトライヒャー

ヨハン・ネポムク・メルツェル

フリッツ・ザイデル

ヨハン・ヴァン・ベートーヴェン
　／ステファン・ラヴィック

ヴィクトル・ヴァン・ハスラー

ヨハンナ

ルートヴィヒ・ヴァン・ベートーヴェン（子供）
　／カール・ヴァン・ベートーヴェン（子供）

カール・ヴァン・ベートーヴェン（青年）

メイド

使いの男

ウィーンの町の人々

フランス軍兵士

―第一幕―　運命

【第一景】

闇の中、音の断片が響いてくる。
と、一条の光。現れる一人の男。
ルートヴィヒ・ヴァン・ベートーヴェンだ。
彼が手を動かすと、そこから音が発するように見える。やがてその音は協和音にな
り、音楽になっていく。
音楽の渦の中にすっくと立つベートーヴェン。音楽はやがて人々の喝采にかわる。
満員の聴衆の喝采に応えるように、大仰にお辞儀をするベートーヴェン。
1800年、4月、ウィーン。
ベートーヴェン初の演奏会のイメージ。
彼が大きく手を振りかぶり虚空で拳を握る。
喝采は手の平に吸い込まれるように、一瞬にして静寂に。
と、いつの間にかあたりにピアノが幾つも現れる。
そこはアンドレアス・シュトライヒャーのピアノ工房。マリア・シュタインと姉のナ

ネッテ・シュトライヒャー。その夫、ヨハン・アンドレアス・シュトライヒャーがいる。夫のアンドレアスばかりでなく、ナネッテもピアノ製造者である。ウィーンでも希有な女性ピアノ製造者として有名だ。
ベートーヴェンの末弟、ニコラウス・ヨーハン・ベートーヴェンもベートーヴェンのそばに立つ。
ピアノを弾くベートーヴェン。音が気に入らない。

ベートーヴェン　だめだ。
ニコラウス　ちょっと、にいさん。何を。

ベートーヴェン、次のピアノを弾く。気に入らない。
マリア、ナネッテ、アンドレアス、ベートーヴェンの突然の行動に驚いている。

ベートーヴェン　こいつも。
ニコラウス　よしなって。

次々にピアノを弾くベートーヴェン。

ベートーヴェン　どいつもこいつもガラクタばかり！
アンドレアス　どういうことでしょう？
ニコラウス　やめてよ、にいさん。
ベートーヴェン　何が悪い。事実を言っているだけだ。
マリア　いい加減にしてください。いくら有名な音楽家の方だからって、あんまり失礼じゃないですか！

ベートーヴェンとニコラウス、驚く。

ベートーヴェン　なに？
マリア　音楽は素晴らしいのに、ご本人は失礼な方ですね。
ベートーヴェン　失礼はどっちだ。こんなガラクタをピアノのふりをして売ってる方がよっぽど失礼ではないのか。

食ってかかろうとするマリアを止めるナネッテ。

ナネッテ　マリア。
ニコラウス　言いすぎだってば。ほんと、失礼な兄ですみません。

ベートーヴェン　謝る必要はない。事実を言っているだけだからな。腕のいいピアノ工房だというから、足を運んだのに。まったく時間の無駄だった。

と、最後のピアノの鍵盤を叩くベートーヴェン。「おや」という感じで、もう一度叩く。

気に入ったのか、もう一度。耳をピアノにくっつけて強く弱く何度も何度も鍵盤を弾く。

ベートーヴェン　これを作ったのは君か。（と、アンドレアスに聞く）
ナネッテ　私です。
ベートーヴェン　君？
ナネッテ　お忘れですか、ベートーヴェンさん。アンドレアス・シュタインの娘、ナネッテです。
ベートーヴェン　シュタイン？　ああ、彼のピアノはよかった。
ナネッテ　父にピアノ作りを学び、今は主人と一緒にピアノ作りをしてるんです。主人のアンドレアス・シュトライヒャーです。
アンドレアス　よろしく。（握手しようと手を差し出す）

ベートーヴェン、その手を無視する。

ナネッテ　（その様子に）……以前、父の工房に来られた時にご挨拶したのですが、覚えていらっしゃいませんか。

ベートーヴェン　そんな昔のことはどうでもいい。

マリア　……どうでも？（と、ムッとする）

ナネッテ　昨日の演奏会、家族全員で伺いました。とても素晴らしかった。

ニコラウス　あ、ありがとうございます。初めての自主演奏会だったんです。

ナネッテ　ええ。貴族のサロンではなく、音楽家が自分の手で演奏会を開く。素晴らしい事だと思います。

が、ベートーヴェンは二人の会話を気にせずに、唐突にナネッテに問いかける。

ベートーヴェン　もっと音域の広いピアノは出来るか。

ナネッテ　音域ですか。

ベートーヴェン　ああ、そうだ。今使っているのは61鍵だ。ああ、あれもシュタイン製だったな。

ナネッテ　まだ、父のピアノを。

ベートーヴェン　だが、あれじゃだめだ。もう2オクターブ広いものがほしい。

アンドレアス　2オクターブ？　それは無茶だ。
ベートーヴェン　お前に話をしているのではない。ここのゴミを作った奴の話など聞く気はない。

マリア、その無礼さにカチンと来る。

マリア　また。
ナネッテ　マリア。（と、彼女を諌める）
ベートーヴェン　（ナネッテに）来年は1801年。いよいよ新世紀だ。古き18世紀は終わり新たなる19世紀が始まる。過去の常識に囚われない時代が始まる。私に必要なのは、その新しい時代を作るピアノなのだ。どうだ、作れるか。
ナネッテ　2オクターブは無理です。
ベートーヴェン　ふん。
ナネッテ　でも、68鍵なら。
ベートーヴェン　なに？
ナネッテ　68鍵ならなんとか。
ベートーヴェン　68鍵か……。確約出来るか。
ナネッテ　努力します。
ベートーヴェン　努力だと。そんな曖昧な言葉はいらん。

ナネッテ　あなたは曲を書く時努力しませんか。神の啓示の如く、すべて一度のひらめきで書き上げられるのですか。昨日の演奏会の交響曲第一番。素晴らしかった。あれは一晩の天啓で書き上がられたのですか。

ベートーヴェン　……。

ナネッテ　ピアノも同じです。よりよい物を作るために時間が必要です。試行錯誤が必要なんです。でも。

ベートーヴェン　でも？

ナネッテ　あなたの要望に応えられる一番近い場所にいるのは、この私です。

ベートーヴェン　……。

ナネッテを見据えるベートーヴェン。ナネッテもその視線を受け止め、見つめ返す。

ベートーヴェン　ニコラウス。彼女に私の住所を伝えろ。明日の午後ならあいている。詳しい話をしよう。

ニコラウス、メモをナネッテに渡す。

ベートーヴェン　忠告しよう。ここのゴミは早めに売った方がいい。邪魔だ。

立ち去ろうとするベートーヴェンに、我慢出来ずにマリアが声をかける。

マリア　あの……。

立ち止まるベートーヴェン。

マリア　昨日の演奏会、とてもよかったです。
ベートーヴェン　当然だ。
マリア　ただ、ご自身の曲だけの方がよかった気がしました。
ベートーヴェン　なに。
マリア　モーツァルトやハイドンの曲も演奏なさいましたよね。あれとご自身の曲だと、なんか違うっていうか。迫力が。
ベートーヴェン　……もっと大きな声で言え。何を言ってるかよくわからない。
ニコラウス　にいさん。
マリア　（大声で）ご自分の曲だけをやられたらいかがですか。私は、そっちが聞きたいです。
ナネッテ　マリア。（ベートーヴェンに）すみません。礼儀を知らない子で。

マリア　感想です。

ベートーヴェン　ふん。このお嬢さんはよほど自分の耳に自信をお持ちのようだ。いいだろう、姉と一緒にお前も来い。新しいピアノに関して、是非ご意見を拝聴したい。では、またお会いしましょう。良い耳のお嬢さん。

慇懃《いんぎん》無礼《ぶれい》にお辞儀をすると立ち去るベートーヴェン。

ニコラウス　すいません。ああいう性格なんで。よろしくお願いします。

と、睨み付けているマリアと目が合う。

ニコラウス　ニコラウス・ヨーハン・ベートーヴェンです。ほんと、ごめんなさい。

頭を下げて立ち去るニコラウス。

二人が去ると、怒りをぶちまけるマリア。

マリア　なに、あの態度。何様だと思ってるの。義兄《にい》さんのピアノを、ゴミだのクズだのガラクタだの。馬鹿にしてる。

ナネッテ　よしなさい、マリア。
マリア　でも、あんまりひどいじゃない。ゴミだのクズだのガラクタだの。
ナネッテ　もうやめなさいってば。（アンドレアスをさして）地味に傷ついてるんだから。
アンドレアス　（わざと明るくふるまう）よかったじゃないか、ナネッテ。お前のピアノが認められて。ベートーヴェンは今上り調子の演奏家だ。彼と組めればいい宣伝になる。
ナネッテ　ありがとう。
アンドレアス　あと、マリア。
マリア　はい。
アンドレアス　クズとは言ってない。
マリア　え。
アンドレアス　ゴミとガラクタは言ったが、クズとは言ってない。
マリア　あ、ごめんなさい。
ナネッテ　ほら、傷ついてる。
アンドレアス　全然。私は大丈夫。事実を指摘しただけだ。

弱々しく微笑むと、よろよろと立ち去るアンドレアス。

マリア　ごめんなさい、義兄さん。本当にごめんなさい。

ナネッテ　あなた、時々言動ががさつになるから気をつけなさい。

アンドレアスのあとを追うナネッテ。
ナネッテも続く。

――暗　転――

【第二景】

ベートーヴェンの自宅。

真ん中の弟、カスパール・アントン・カール・ベートーヴェンとヨゼフィーネ・ブルンスヴィクが待っている。部屋の隅に初老の紳士、ヴィクトル・ヴァン・ハスラーもいる。

言い合いながら戻ってくるベートーヴェンとニコラウス。

ベートーヴェン　なんで、あんな奴らに謝る必要がある。

ニコラウス　にいさんの態度があんまり偉そうだから。

ベートーヴェン　こっちが発注者だ。態度が大きくて何が悪い。

と、二人に声をかけるカスパール。

カスパール　お帰り。ヨゼフィーネさんがお待ちだよ。

ベートーヴェン、ヨゼフィーネを見て、顔が輝く。

ベートーヴェン　おお。

ヨゼフィーネ　ルイス。

二人、抱き合う。

ヨゼフィーネ　どこに行ってたの。

ベートーヴェン　すまない。新しいピアノの発注に時間がかかってしまった。

ヨゼフィーネ　約束してたのに。あやうくお客様をお待たせするところだったわ。

ベートーヴェン　客？

ヴィクトルが握手を求める。情熱的な目をした風格ある男だ。

ヴィクトル　初めまして。ヴィクトル・ヴァン・ハスラーです。

と、手を差し出す。

ベートーヴェン　よろしく。

握手するベートーヴェン。ヴィクトル勢いよく握手を返す。その握る手の強さに顔をしかめるベートーヴェン。気づくヴィクトル。

ヴィクトル　や、これは失礼。ご本人にお目にかかれて思わず興奮してしまいました。昨日の演奏会、実に素晴らしかった。感動しました。

ベートーヴェン　それはどうも。

ヨゼフィーネ　ヴィクトルはね、あなたの音楽がとても気に入ったの。ナポレオンに紹介してくれるっておっしゃってるわ。（大きな声ではっきりと言う）

ベートーヴェン　ナポレオン？　あのナポレオン・ボナパルトか。

ヨゼフィーネ　そう。今、ヨーロッパ諸国を相手に戦っているフランス第一統領のナポレオンよ。（と、また大声）

ベートーヴェン　そんなに大声で言わなくてもいい。そのくらいのことはわかってる。（と、ヨゼフィーネに目配せする）

ヨゼフィーネ　（ベートーヴェンの目配せの意味を悟り、言い繕う）あら、ごめんなさい。つい、興奮しちゃって。

ベートーヴェン　（ヴィクトルに）しかし彼はこのオーストリアと敵対している。その彼をなぜ。
ヴィクトル　あなたはどう思っているのです。彼のことを。一兵卒からのしあがり、ついにはフランスの政権を握った男のことを。
ベートーヴェン　確かに彼は新しい時代を作っている。貴族が支配する社会ではない時代の象徴として。古い絶対王政にこだわるヨーロッパ諸国を相手取り、市民革命後のフランスを守っている。
ヴィクトル　例えこのオーストリアに敵対しているとしても。
ベートーヴェン　彼が敵対しているのはオーストリアの古い権力者達だ。私達市民ではない。
ヴィクトル　やはり私が思った通りだ。あなたもナポレオンと同じ新時代の英雄だ。
ベートーヴェン　私が。
ヴィクトル　そうです。彼と同じ情熱を、あなたの音楽に感じたのです。宮廷楽団、サロンコンサート、これまでの音楽家は貴族に養われていた。だがあなたは違う。あなたは演奏者として、芸術家として自立しようとしているのでしょう。ヨゼフィーネさんからは、そう伺っています。
ベートーヴェン　そんなことまで。
ヨゼフィーネ　ヴィクトルさんは、父の知り合いなの。私があなたのもとにピアノを習いに来ているという話をしたら、是非紹介してくれと。
ヴィクトル　あつかましいお願いをしてすみません。彼女のお父上、ブルンスヴィク伯爵とは、仕事の関係で知り合いました。私は、あなたのような方が新しい芸術を作るのを手助けしたい。今までのように芸術家が貴族に奉仕するのではない。貴族は芸術家に投資するのです。

ベートーヴェン　投資？。

ヴィクトル　芸術家の作品作りを援助するために金を出す。その金を私が数十倍、いや数百倍にしてみせましょう。ナポレオンに紹介するのも、単なるパトロンではない。彼の曲を作るのです。彼はまもなくヨーロッパを統一する。貴族ではない、一兵卒出身の男が、新しい世界を作る。その男にふさわしいテーマソングを。

ベートーヴェン　あの新時代の英雄のか。

二人が会話している背後に、ナポレオンらしき軍人と彼が率いる軍隊が進撃しているイメージが現れる。フランスの国旗が大きく翻る。

ヴィクトル　『ラ・マルセイエーズ』はご存じでしょう。フランス革命の時に作られた。

ベートーヴェン　ああ、だが、私は好きじゃない。あの歌は血なまぐさすぎる。市民の怒りしかない。

ヴィクトル　だからこそあなたの出番なのです。新しい時代の英雄、ナポレオンにふさわしい曲を作るのはあなたしかいない。

黙って話を聞いていた弟たちも感心する。

カスパール　……すごい。

ニコラウス　うん。

ヨゼフィーネ　ね、いいお話でしょう。

ベートーヴェン　貴族の君が、この話を応援するのか。

ヨゼフィーネ　貴族である前にあなたの弟子よ。ルイス。

ヴィクトル　ルートヴィヒ・ヴァン・ベートーヴェンの名前はヨーロッパ中に轟く。信じて下さい。必ずナポレオンにこの話をとりつけてきます。私は貿易をやっています。ナポレオン陣営には商売でパイプがあります。

一同が、ナポレオンのイメージに夢を託す。が、ベートーヴェンの冷静な声が一同を我に返させる。同時にナポレオンとその軍隊のイメージも消える。

ベートーヴェン　（ヴィクトルに）君は何をする。

ヴィクトル　え。

ベートーヴェン　確かに面白い話だ。だが、君の利益はなんだ。私のファンとしてただ働きしたい。

ヴィクトル　さすがに鋭いですね。ええ、おっしゃる通り。私は商人です。その曲の譜面を印刷して、ヨーロッパの各地に売り出します。その出版権をいただきたい。うまくいけば続けてあなたの新作を次々に売り出す。演奏ではない。譜面を売る。あなたの作品が世界中に広がるのは、楽譜を通じてなのです。

ベートーヴェン　しょせんは門外漢だな。そこまでいけばただの夢物語だ。

ヴィクトル　え。

ベートーヴェン　確かに今も出版社に楽譜を売ってはいるが、あれは書き写すのが大変だ。印刷にも時間がかかる。ヨーロッパ中なんてそんな数を刷るのにどれだけの時間がかかるのか。現実的な話じゃない。

ヴィクトル　大丈夫。それも考えています。ケーニッヒという男が印刷機に動力をつける特許を取ろうとしています。この自動印刷機を使えば、一気に譜面を大量生産出来る。

ベートーヴェン　なんだと。

ヴィクトル　納得していただけましたか。

ベートーヴェン　……とんでもないことを考えるな。

ヴィクトル　それが好きなんですよ。まかせてください。ヨーロッパを支配するのはナポレオンとベートーヴェンだ。

ベートーヴェン　……。

ヨゼフィーネ　ヴィクトル、そろそろ。彼も疲れているわ。
ヴィクトル　おっと、失礼。ついつい話に熱が入ってしまった。一度考えてみて下さい。また日を改めてお伺いします。

と、立ち去ろうとするヴィクトル。が、立ち止まり。

ヴィクトル　あ、もうひとつだけよろしいか。
ベートーヴェン　？
ヴィクトル　僭越ながら、これからの演奏会は、あなたご自身の曲だけにしたほうがよろしいかと。人の曲を演奏している時と、輝きが違う。あの輝きで圧倒するのです。では。
ヨゼフィーネ　カスパール、ニコラウス、お送りして。
カスパール　ああ、はい。

二人、ヴィクトルを送って外に出る。
去り際のヴィクトルの言葉に、ちょっと考え込んでいるベートーヴェン。

ヨゼフィーネ　どう。天才ベートーヴェンにふさわしいお話だったでしょう。
ベートーヴェン　……。

ヨゼフィーネ　ルイス……。

ハッとして振り向くベートーヴェン。彼女を抱擁する。

ベートーヴェン　愛してるよ、ヨゼフィーネ。
ヨゼフィーネ　私もよ。

と、きつく抱き合う二人。

ヨゼフィーネ　ヴィクトルの話、きっとうまくいく。
ベートーヴェン　ああ。さすがヨゼフィーネだ。面白い男を連れてきてくれた。
ヨゼフィーネ　ナポレオンと同じようにあなたの名前もヨーロッパ中に轟くわ。
ベートーヴェン　いや、それ以上だ。政権はひっくり返る。だが、芸術はゆるがない。
ヨゼフィーネ　その通りよ。
ベートーヴェン　ありがとう、ヨゼフィーネ。もう少しだ。ナポレオンと僕の名前が同格になれば、きっと君のお父さんも結婚を許してくれる。
ヨゼフィーネ　……。
ベートーヴェン　だいたい貴族階級にこだわっていることそのものが、前世紀の遺物だよ。時代は変わる。ああ、生半可な貴族よりも、このベートーヴェンの妻の方が価値がある。すぐにそういう時代になる。

ヨゼフィーネ　……。（渋い表情）

ベートーヴェン　どうした。ヴィクトルを連れてきたのも、そのつもりだからだったんじゃないのか。

ヨゼフィーネ　……父が結婚の話を決めてきたの。

ベートーヴェン　え。

ヨゼフィーネ　お相手はダイム伯爵。まさしく生半可な貴族よ。それでも、父は、強引に話を進めてるの。

ベートーヴェン　……君はそれでいいのか。

ヨゼフィーネ　ごめんなさい。

ベートーヴェン　ふざけるな。ナポレオンがヨーロッパを支配すれば、貴族が大きな顔をしている時代は終わる。後悔するぞ。

ヨゼフィーネ　でも、父には逆らえない。

ベートーヴェン　そんなに貴族の座が欲しいのか。それとも何か、やっぱり耳の不自由な音楽家など相手にできないか。

ヨゼフィーネ　ルイス！

ベートーヴェン　ああ、そうだ。そうなんだ。確かに耳が聞こえない音楽家なんて先はない。だが僕は違う。このルートヴィヒ・ヴァン・ベートーヴェンは、並みの男じゃない。たと

ヨゼフィーネ　えこの耳が全く聞こえなくなったとしても、僕の音楽家としての生命は終わらない。落ち着いて、ルイス。誰もそんな事言ってない。

再びベートーヴェンを抱きしめるヨゼフィーネ。落ち着くベートーヴェン。

ベートーヴェン　……。
ヨゼフィーネ　耳鳴り、ひどいの？
ベートーヴェン　ああ、最近は頻繁だ。
ヨゼフィーネ　でも、……でも大丈夫よ。だって昨日の演奏会も大成功だったし。あなたの耳が悪いだなんて、誰にも気づかれてない。
ベートーヴェン　……いや、今日で二人目だ。
ヨゼフィーネ　え。
ベートーヴェン　さっきヴィクトルが、他人の曲を弾くのはやめろといっただろう。
ヨゼフィーネ　そんなふうには……。
ベートーヴェン　意味は一緒だ。だが、その通りなんだ。自分の曲はこの頭の中に入っている。いつでも堂々と演奏し、指揮することが出来る。だが他人の曲を演奏する時はどこか慎重になっていた。耳が悪いから、一つ一つの音を確認していたんだ。その違いがあいつらにはわかった。

ヨゼフィーネ　あいつら？
ベートーヴェン　さっき会ったピアノ屋の娘だ。一日で二人の人間に気づかれた。明日にはもっと気づかれる。
ヨゼフィーネ　そんなことない。大丈夫。第一、私、全然気づかなかった。
ベートーヴェン　（切ない目）……ヨゼフィーネ。
ヨゼフィーネ　ヴィクトルはきっとあなたを有名にする。それが私のせめてもの罪滅ぼし。
ベートーヴェン　じゃあ君はどうしても。
ヨゼフィーネ　ごめんなさい。父は裏切れないの。でも、わかって。結婚は形式。この想いはずっとあなただけのもの。
ベートーヴェン　……。
ヨゼフィーネ　愛してるわ、ルイス。

抱きつくベートーヴェン。
が、突き放すベートーヴェン。

ベートーヴェン　帰ってくれ。そして二度と顔を見せるな。
ヨゼフィーネ　ルイス。
ベートーヴェン　ダイム伯だと。そんな三文貴族と比べられる私だと思うか。ふざけるな。消えろ。

二度と私の前に姿を見せるな！

そこに戻ってきたニコラウスとカスパール、ベートーヴェン達二人の態度の急変に戸惑う。

ニコラウス　にいさん……。

ベートーヴェン　ヨゼフィーネ嬢をお送りしろ。二度と会うことはないだろうが。

二人、驚く。

カスパール　どういうことです。

ヨゼフィーネ　カスパール、ニコラウス。二人とも元気で。

ニコラウス　お別れなんですか。

ヨゼフィーネ　ひとまずは。いい。誰にも彼の耳が悪いこと、ばらしては駄目よ。特に今日連れてきたヴィクトルさん。ルートヴィヒの耳が悪いことがわかったら、大きな仕事が不意になるから。

ベートーヴェン　もう君には関係のない話だ。出ていけ、はやく！

ヨゼフィーネ、彼の拒絶は無視してもう一度抱擁し、キスする。

ヨゼフィーネ　愛してるわ、ずっと。永遠に。

部屋を出て行くヨゼフィーネ。
ベートーヴェン、怒りがおさまらない。

ニコラウス　いったいなにが……。

カスパール　よせ、ニコラウス。こうなると何を言っても無駄だ。

カスパール、ニコラウスを誘って部屋を出る。
一人になるベートーヴェン。

ベートーヴェン　……何が新世紀の芸術家だ。好きな女と結婚もできやしない。

と、雨の音がする。
いつの間にか、ベートーヴェンの回想に入っている。
1792年。ボン。

ベートーヴェンの父、ヨハンが現れる。

ヨハン　考え直せ、ルートヴィヒ。

ベートーヴェン　いやだ、とうさんがなんと言おうと僕はウィーンに行く。

ヨハン　だめだ、お前程度の才能がウィーンなんかで通用するわけはない。

ベートーヴェン　あなたはいつもそうやって押しつける。ハイドンが認めたんだよ。僕を弟子にしたいって言ってる。

ヨハン　夢を見るな、お前の才能は俺が一番よく知ってる。前に行った時だって、たった二週間で戻ってきただろう。

ベートーヴェン　あの時はかあさんが危篤だった。だから帰ってこいって、とうさんが無理矢理戻らせたんじゃないか。もう少しいたらモーツァルトにだって師事出来たんだ。

ヨハン　俺が悪いって言うのか。

ベートーヴェン　モーツァルトにも会えなかった。かあさんの死に目にも間に合わなかった。全て中途半端だ。今度はそうはならない。

ヨハン　このボンで、俺の元で宮廷楽団長をめざせ。それがお似合いだ。

ベートーヴェン　それはあんたの限界だ。いや、宮廷音楽家にすらなれなかったあんたじゃそれ以下だ！

ヨハン、カッとなりベートーヴェンを殴る。
殴られて耳を押さえるベートーヴェン。
怒りが収まらないヨハン。
そのヨハンをにらみつけるベートーヴェン。

ベートーヴェン　そうやって何度殴った。小さい頃から何度も何度も、自分が気にくわないと。僕だけじゃない、かあさん、カスパール、ニコラウス。あんたは酒飲んでるか家族殴ってるかどっちかの、ろくでなしだ。音楽家ですらない！

ヨハン　貴様！

殴りかかるヨハン。それを受け止めるベートーヴェン。と、激しく咳き込むヨハン。うずくまる。

ベートーヴェン　……。

急に気弱になるヨハン。

ヨハン　病気なんだ。胸も腹もひどくいたむんだ。そんな父親をおいていくってのか、ルイス。そんなことはできないだろう。な。

ベートーヴェン　……さよなら。

ヨハン　……お前がウィーンに行っても、なんにも摑めやしねえよ、なんにもな。

呪いの言葉を吐くと、よろよろと立ち去るヨハン。

耳が痛むのか、耳を押さえ、苦痛に顔を歪ませるベートーヴェン。

——暗　転——

【第三景】

１８０４年。春。ナネッテのピアノ工房。
ナネッテとマリアが言い争いをしている。

ナネッテ　いいかげんにして。いつまでもくだらないことを言ってるんじゃないの。

マリア　くだらなくないよ。私はねえさんのことを心配して。

ナネッテ　あなたに心配されるほど、愚かじゃないわ。

マリア　いいえ、充分愚かです。ピアノのことになると見境ない。いつも凝りすぎて予算越えちゃって赤字になるのは、ねえさんのピアノよ。義兄《にい》さんがやりくりして何とかしてるんだから。

アンドレアス、お茶を持ってやってくる。

アンドレアス　また揉め事かい。あの大作曲家のことかな。

マリア　さすが義兄さん、察しが早い。絶対、ねえさん騙されてるわよ。
アンドレアス　最近は君達の話題と言えば、ベートーヴェンの話に決まってるからね。まあ、お茶でも飲んで落ち着いて。
ナネッテ　あ、ごめんなさい。気がつかなくって。
マリア　気がつかなくっていいわよ。義兄さんのお茶のほうが美味しいから。
ナネッテ　あのね。

と、いいながらお茶を飲む三人。

ナネッテ　おいしい。悔しいけど。
アンドレアス　ん。（満足げにうなずき）で、何が騙されてるんだい。
マリア　彼のピアノを作り出してもう四年よ。その間、支払いはあった。
ナネッテ　それなりにね。
マリア　調律なんかのお金でしょ。この四年、ほとんど彼のために時間を費やしてるにしちゃ少なすぎるわ。
ナネッテ　調律と修理費としては、相応の金額よ。彼が納得のいくものができるまでは、ピアノの代金はもらわないと決めたのはあたしなの。
マリア　ほら、そうやってまた我儘を。大丈夫なの？　あの人、多分、耳が悪いわ。

ナネッテ　マリア。（と、諌める）
アンドレアス　……うかつなことは言わない方がいい。音楽家にとって耳は命だ。変な噂を立てると彼が迷惑するぞ。
マリア　ちゃんと理由があるの。
アンドレアス　どんな。
マリア　彼、二人の弟と一緒にすんでるんだけど、その二人がやたらに大声なのよ。
ナネッテ　地声じゃないの。
マリア　話しかけても何度も聴き直す。
アンドレアス　そう言えば、家に来た時も何度かあったな。
ナネッテ　マリアは考え過ぎなの。第一印象がよくなかったから、何かにつけて難癖をつけるのよ。
マリア　でも、ほんとに耳が悪かったら大変よ。音楽家としての収入が途絶えたら、せっかく作ったピアノの代金だって払ってもらえなくなる。
ナネッテ　いい加減にしなさい！　私はあなたをそんな疑り深い人間に育てた覚えはない！
マリア　私もねえさんに育てられた覚えはない！
ナネッテ　一人で育ったとでもいうの⁉
マリア　義兄さんが育ててくれました‼

二人、アンドレアスをにらむ。

アンドレアス　ままあ。（と、自分にとばっちりが来て慌てる）

と、何やら決意するマリア。

マリア　いいわよ、決めた。だったら、自分の目で確かめる。

ナネッテ　え。

マリア　私に考えがある。

×　×　×　×

数日後。ベートーヴェンの部屋。
メイドが掃除をしている。
そこに現れるベートーヴェン。

ベートーヴェン　（コーヒーカップを持ち）クリスティーナ。このコーヒーを入れたのはお前か。

メイド　はい。

ベートーヴェン　クビだ。とっとと出ていけ。

メイド　え？
ベートーヴェン　こんな泥水を私に飲ませるつもりか。とっとと出ていけ！

癇癪《かんしゃく》を起こすベートーヴェン。カスパールとニコラウスがその声に入って来る。

カスパール　にいさん⁉
ニコラウス　落ち着いて。
ベートーヴェン　（メイドに）クビだといっているのがわからないのか！　貴様の顔なんか見たくない！　消えろ！　それともこの泥水を頭から浴びせられたいか！
カスパール　どうしたの？
メイド　わかりました。こんな変人、とてもつきあいきれない。私の方から出ていきます。

と、手を出すメイド。

ベートーヴェン　なんだその手は。
メイド　今日までの給金をもらえますか。
ベートーヴェン　ふざけるな！　貴様のような奴に払う金があるか！　とっとと消えろ‼

と、そこに現れるフリッツ・ザイデル。警官だ。ただし制服を着崩してだらしない印象。

フリッツ　また騒動か、ルイス。

メイド　おまわりさん、ちょうどよかった。この男が給金を払ってくれないんです。

フリッツ　あー、だめだ。あんた、誰を相手にしてるかわかってるのか。彼はルートヴィヒ・ヴァン・ベートーヴェン。このウィーン一の大……変人だ。これ以上、この男を怒らすと、あんた、何されるかわからないよ。

メイド　え。

真顔でメイドを脅すフリッツ。

フリッツ　今ならまだ間に合う。五体満足でいたかったら、今すぐこの部屋を出て行くことだ。さ、早く。

メイド　は。はい。

フリッツの言葉にそそくさと逃げ出すメイド。彼女が出ていくとフリッツ、急に態度がくだける。

ベートーヴェン　誰が大変人だ。
フリッツ　それでおさまったんだから、いいだろう。今度は何をやった。
ベートーヴェン　これを飲んでみろ。飲めたものじゃない。
フリッツ　どっちだよ。

カップを受け取り飲んでみるフリッツ。

ベートーヴェン　あの女、貴重なコーヒー豆を無駄に使った。いつも一杯60粒で入れろといっているのに、このコーヒーは61粒使っている。
フリッツ　たった一粒じゃないか。
ベートーヴェン　その一粒が重要なんだ。味が全然違う。
フリッツ　わかるか？

カスパールとニコラウスにカップを渡す。二人も飲むが首をひねる。

カスパール　いや。
ニコラウス　同じような、違うような……。

フリッツ　あんたの勘違いって事は……。
ベートーヴェン　証拠がある。コーヒー豆の残りが４３５粒だった。60粒なら４３６粒のはずだ。
フリッツ　いちいち数えてるんだ。
ベートーヴェン　当然だ。
フリッツ　毎日？
ベートーヴェン　毎日？　そんなことはない。６時間に一度だ。
フリッツ　あんた、ほんとに生きにくい道を選んでるよなあ。
ベートーヴェン　お前に言われる筋合いはないぞ。ウィーンで一番やる気のない警官フリッツ・ザイデルにはな。
フリッツ　そのやる気がない俺が、あんたのためにどれだけ骨を折ったと思っている。夜中に騒ぐわ、大家と喧嘩するわで引っ越しはしょっちゅう。そのたびに俺が後始末してるんだ。

と、手を背に回してカスパール達に金を寄越せと手をひらひらさせる。

ニコラウス　いや、それはほんとに感謝してるんです。
カスパール　ありがとうございます。

と、ベートーヴェンには気づかれないようにこっそり硬貨をフリッツに渡すカスパール。

フリッツ　（その感触を確認して、硬貨をポケットに入れる）ま、あんたのような偏屈を相手にする友人は俺くらいのものだぞ、ルイス。

ベートーヴェン　お前の一番の友人は金だろうが。

フリッツ　そういう皮肉も笑って受けるのが、友情の証なんだよ。そうそう、メイドがいないのも不便だろう。俺が、いい子を紹介してやろう。おい、マリア、マリア。

フリッツが呼ぶ声にマリアが入って来る。

フリッツ　待たせて悪かった。ちょっともめてたな。

マリア　いえ。

ニコラウス　あれ、君は……。

ベートーヴェン　ナネッテの妹か。

マリア　はい。マリアです。姉がお世話になってます。

フリッツ　彼女なら、この家にも向いてるんじゃないかと思ってな。

カスパール　こんなにタイミングよく。

フリッツ　俺の読みは当たるんだよ。
マリア　偶然ですけどね。
ベートーヴェン　そんなことだろうと思った。
ニコラウス　でも、正直助かる。
マリア　宜しくお願いします。
ベートーヴェン　……わかった。私は厳しいぞ、マリア。
マリア　はい。姉から聞いてます。それに、さっきのやりとりも聞こえてましたし。
ベートーヴェン　……。
マリア　コーヒー豆はきっかり60粒。まかせて下さい。
ベートーヴェン　ならいい。明日から頼む。
マリア　はい。

と、ベートーヴェンの部屋を出るマリアとフリッツ。ベートーヴェン、カスパール、ニコラウスは姿を消す。
道を歩くマリアとフリッツ。

マリア　ありがとう、フリッツ。助かった。
フリッツ　ま、ルートヴィヒもお前んちも、俺の大事な友人だ。……ほんとに大丈夫か、あの

マリア　家は相当めんどくさいぞ。
フリッツ　でも、直接出入りしなきゃ、わからないもん。
マリア　え？
フリッツ　なんでもない。ほんとにありがと。……ん？

と、フリッツ、金をよこせと手をヒラヒラさせている。

マリア　この悪徳警官。
フリッツ　お前、そんな事言ってるとしょっぴくぞ。
マリア　何の罪で。
フリッツ　あー、警官侮辱罪？
マリア　あるの、そんな法律。
フリッツ　ないけどな。
マリア　なきゃ無理でしょ。

軽口を叩き合いながら硬貨を渡すマリア。

フリッツ　（硬貨を受け取り）ま、なんかあったらいつでも言って来な。こう見えて俺は友情に厚いんだ。

マリア　どうだか。

二人、歩き去る。

――暗　転――

【第四景】

幼い頃のベートーヴェンの回想。
ヨハンがまだ子供のベートーヴェンを引っ張ってくる。

ヨハン　ほら、とっととピアノの前に座れ。
ベートーヴェン（子供）　……眠いよ、とうさん。
ヨハン　文句言うんじゃない。はやく！
ベートーヴェン（子供）　でもまだ夜中の一時だよ。
ヨハン　俺が帰ってきたら、ピアノのレッスンだ。文句は言わせない。
ベートーヴェン（子供）　でもとうさん、酔っ払ってる。
ヨハン　やかましい！（子供の頭を叩く）　俺がやれと言ったらやるんだ。

と、しぶしぶピアノを弾き始めるベートーヴェン（子供）。突然、ヨハンが怒り出す。

ヨハン　やめろ！　勝手に弾くな！

ベートーヴェン(子供)　？

ヨハン　今、楽譜とは違う曲を弾いたな。なんで、そんなことをする。

ベートーヴェン(子供)　だって、この曲つまんないんだもの。僕の作った曲の方がずっといいよ。聞いて。

ヨハン　やめろ。そんなものくだらない。

ベートーヴェン(子供)　くだらなくない。

ヨハン　いいか、ルートヴィヒ。お前は神童だ。モーツァルト以来と言われる天才だ。俺が作った天才なんだ。だから俺の言う通りにやっていろ。考えるな。考えるのは俺の仕事だ。

ベートーヴェン(子供)　……いやだ。これ以上、とうさんのいいなりなんていやだ。

ヨハン　いうことを聞け‼

と、ベートーヴェン（子供）の側頭を強く殴るヨハン。耳をおさえてうずくまるベートーヴェン（子供)。痛みに苦しみながら立ち上がる。

ベートーヴェン(子供)　いたい……。耳がいたい。

その言葉とシンクロするように、大人のベートーヴェンが姿を見せる。彼もまた耳を押さえている。

ベートーヴェン　……。

ヨハン、子供をおきざりにして歩き去る。
子供時代の自分を見つめるベートーヴェン。
子供の自分も見つめ返す。
ベートーヴェンが何かを話しかけようとした時、メイド姿のマリアが現れる。

マリア　あの。

と、子供時代のベートーヴェンはかき消える。
そこはベートーヴェンの部屋。回想から現実に引き戻されるベートーヴェン。
ベートーヴェンの様子に声をかけるマリア。

マリア　……具合でも悪いんですか。
ベートーヴェン　そんなことはない。仕事中に声をかけるなと言ってるだろう。
マリア　でも、お客様が。

ベートーヴェン　帰ってもらえ。
マリア　いいんですか。
ベートーヴェン　作曲の時間は誰にも邪魔はさせない。

そこにズカズカと入って来るヴィクトル。

ヴィクトル　失礼しますよ。
ベートーヴェン　ヴィクトル。
ヴィクトル　約束もせず申し訳ない。
ベートーヴェン　いや、君ならば。すまない、気の利かないメイドがわけもわからず追い返す所だった。
マリア　え。（ムッとする）
ベートーヴェン　マリア、なにをボッとしている。お茶だ。いや、コーヒーがいい。いや、コーヒーだったら私がいれる。いや、豆は私が数える。

指示が変わるたび行きつ戻りつするマリア。

マリア　（業を煮やし）60粒でしょ。まかせて下さい。（と言い切る）

ベートーヴェン　だが。
マリア　きっかり60粒。ちゃんと一杯だてで。二人で120粒なんて横着はしない。了解です。

ベートーヴェンのいうことを先回りして、台所に消えるマリア。

ベートーヴェン　（別室の弟たちに声をかける）カスパール、ニコラウス、いるか。お前達もこい。

二人が入って来る。

ヴィクトル　作曲の方は順調ですか。
ニコラウス　（大声で）おかげさまで仕事は進んでます。
ベートーヴェン　ああ。次の交響曲にも取りかかっている。そっちはどうだ。
ヴィクトル　ナポレオンとは接触中です。彼自身、おおいに興味を持っている。
ベートーヴェン　しかし彼は皇帝の座についた。あの市民革命の英雄がだ。
ヴィクトル　わかります。だが、それも国民投票の上だ。革命の精神を忘れたわけじゃない。うまくいきます。ただ、一つご相談が。
カスパール　（大声で）相談？

弟二人、ベートーヴェンの耳が悪いことをヴィクトルに気づかせないように、さりげなく大声で彼の言葉を反復して、ベートーヴェンにわかるようにしているのだ。

ベートーヴェン　なんだ。

ヴィクトル　ナポレオンの側近と接触しています。もう少しでナポレオン本人と会えそうなんですが、本当に私がベートーヴェンの代理人なのか、証が欲しいと。委任状をいただけませんか。手間は取らせません。ここにサインをしていただければいい。

と、委任状を出すヴィクトル。

カスパール　（委任状を受け取り）どうします、にいさん。

ベートーヴェン　……サインか。

カスパール　ええ。（委任状をベートーヴェンに渡す）

ベートーヴェン　「ルートヴィヒ・ヴァン・ベートーヴェンは、この者を正式の代理人と認める」か。わかった。

サインをするベートーヴェン。

そこにマリアがコーヒーを一杯持って入って来る。

マリア　どうぞ。（と、ヴィクトルにコーヒーを出す）

ベートーヴェン　おい。

マリア　はい。

ベートーヴェン　なんで一杯だけなんだ。私の分はどうした。

マリア　一杯ずつ淹れてますから。冷めたのをお出しするのはいやだから、順に持ってきてるんです。

ベートーヴェン　お前。

マリア　コーヒーは淹れたてに限る。ルートヴィヒさんの口癖です。

ニコラウス　手伝うよ、マリア。

ベートーヴェン　ニコラウス、お前はここにいろ。

ニコラウス　はい。

立ち去るマリア。
コーヒーが飲みづらそうなヴィクトル。

カスパール　あ、お気になさらずに。

ヴィクトル　すみません、もう一つお願いが。前に話したケーニッヒの件なのですが。
ベートーヴェン　誰？
カスパール　ケーニッヒ？
ベートーヴェン　ああ。自動印刷機の。
ヴィクトル　彼が今、事業資金に困ってまして。私も出資しているのですが、何分、蒸気機関との連動には金が要る。
カスパール　資金援助ということですか。
ヴィクトル　貴族が芸術家に投資する。そして芸術家は実業家に投資する。そういうのも面白いのでは。
ニコラウス　いくら必要なんですか。
ヴィクトル　３００グルデン。
カスパール　３００グルデン！
ヴィクトル　損はさせません。
ベートーヴェン　カスパール、用意しろ。
カスパール　にいさん、３００グルデンだよ。リヒノウスキー侯爵からもらえる年金の半額だよ。
それを簡単に。
ベートーヴェン　かまわない。いいから出せ。

マリアが次のコーヒーを持って来る。
カスパール、奥の部屋に行く。
ヴィクトル、コーヒーを飲む。

ヴィクトル　うまい。
マリア　ありがとうございます。（ベートーヴェンにコーヒーを出す）どうぞ。
ベートーヴェン　（飲み）……豆の数はあっているようだな。
マリア　三回数え直しました。

金の入った袋を持ち戻ってくるカスパール。

カスパール　お待たせしました。（渡していいのか、もう一度ベートーヴェンに目で問う）
ベートーヴェン　渡してくれ。
カスパール　どうぞ。

ヴィクトル、袋を受け取る。

ヴィクトル　この金はけっして無駄にはしません。ご厚意感謝します。では、馬車を待たせているので。（マリアに）コーヒー、おいしかったですよ。では。

そそくさと去るヴィクトル。

マリア　……なんか、怪しくないですか。
ニコラウス　マリア。
ベートーヴェン　メイドが口出す問題じゃない。
ニコラウス　今のは聞こえるんだ。
マリア　え。
カスパール　なんでもない。

と、呼び鈴の音がする。

マリア　はーい。

と、玄関に行く。マリアが警官姿のフリッツと男を一人連れてくる。ヨハン・ネポムク・メルツェルだ。カバンを持っている。

フリッツ　（マリアに）すっかり、メイドが様になってるじゃないか。
マリア　ありがとう。
フリッツ　（ベートーヴェンに）どうやらうまくいっているようだな。紹介した甲斐があった。
ニコラウス　うちで半年やれるなんて大した物ですよ。

マリアもなんとなく部屋の隅で来客の話を聞いている。

ベートーヴェン　すべて私の忍耐のたまものだな。で、なんだ、もうメイドは必要ないぞ。
フリッツ　今日、用があるのは彼だ。ヨハン・ネポムク・メルツェルさん。あんたに仕事の話だとさ。
メルツェル　メルツェルです。彼がお知り合いだということで、是非紹介してほしいと無理矢理お願いしたのです。
フリッツ　感謝しろよ、ルイス、俺はあんたと社会をつなぐ橋だ。
ベートーヴェン　（フリッツの言葉は無視して）で、何の用だ。今は作曲の時間なのだが。
メルツェル　これはこれは。芸術家の貴重な時間をいただいては申し訳がない。では、率直に。あなたにオペラの作曲をご依頼したい。
カスパール　オペラ！
ベートーヴェン　そんな大声を出すな。みっともない。

「聞こえるのか」と驚く弟たちにかるくうなずくベートーヴェン。

ベートーヴェン　(弟たちに小声で)どうでもいい人間の声に限りよく聞こえる。皮肉なものだ。

メルツェル　……なにか?

ニコラウス　いえ、なんでもありません。で、兄にオペラを。

メルツェル　はい。作曲家足るもの、やはりオペラを書かなければ一流とは言えません。あなたが、まだ手がけられていないことの方が不思議議です。

ベートーヴェン　君は劇場主か。

メルツェル　これは失礼。私の生業は発明です。機械仕掛けの演奏器具などを開発し、劇場で自動演奏の興行を行っている。これが結構評判がいい。

ベートーヴェン　ああ、機械仕掛けの楽団か。その噂なら聞いたことがある。あんな胡散臭いものに人がよく集まるものだ。

メルツェル　胡散臭いからですよ。

ベートーヴェン　なに?

メルツェル　確かに機械仕掛けの楽団は胡散臭い。だが、その胡散臭い機械仕掛けが立派な音楽を奏でれば、人は素直に驚く。今回も同じです。胡散臭いこの私が手がけるオペラが本格的であればあるほど、人は驚き喝采する。

ベートーヴェン　自分が胡散臭いことはわかってるんだな。
メルツェル　自分のこともわからない男と仕事はできないでしょう。ベートーヴェンさん。ウィーン中の聴衆があなたのオペラを待っている。私にまかせていただけませんか。
ベートーヴェン　……。

考えているベートーヴェン。そこにヴィクトルが戻ってくる。

ヴィクトル　すみません。帽子を忘れてしまって。いや、歳ですな……。

マリア、帽子に気づき手に取る。

マリア　あ、それならここに。

そのヴィクトルの顔を見るメルツェル。

メルツェル　あ。

ヴィクトルもメルツェルの顔を見て驚く。マリアから素早く帽子を受け取り、そそくさと立ち去るヴィクトル。慌てるメルツェル。

メルツェル　あ、い、今の、ヴィクトル・ヴァン・ハスラー!?
カスパール　ええ。
メルツェル　やっぱり!　フリッツ。あいつだ。あいつが詐欺師のヴィクトルだ!　早く追って。

驚く一同。

フリッツ　なに!?
カスパール　詐欺師?
メルツェル　前に話したでしょう。あれが奴だ。
フリッツ　ああ。あの。
マリア　詐欺師なの?
フリッツ　ああ。
メルツェル　説明なら私がする。君はヴィクトルを。早く!
フリッツ　わかった!
マリア　(フリッツに)顔、よくわからないでしょ。一緒に行く。
フリッツ　おお。頼む。

フリッツとマリア、慌てて外に出る。

メルツェル　あの男に現金かサイン入りの委任状みたいなものを渡したりしてませんよね。
ベートーヴェン　したらどうした。
メルツェル　現金？　委任状？
ニコラウス　両方です。
メルツェル　両方ですか。これはこれは……。

戻ってくるフリッツ。

フリッツ　だめだ。見失った。
ニコラウス　マリアは。
フリッツ　もう少し探してみるって。
メルツェル　(フリッツに) 彼らもまんまとカモにされたようだぞ。現金も委任状も。
フリッツ　まいったな。で、渡したのはいくら？
ニコラウス　300グルデン。
フリッツ　そんなに。

カスパール　ほんとに詐欺師なんですか。

メルツェル　私もやられたんです。ヨーロッパ中に私の発明を宣伝すると。そのために金が要ると。だが、その後、奴は私の元には二度と現れなかった。

フリッツ　これまでも何人も同じ手を食ってる。サイン入りの委任状を渡したら、それを使って他の人間から金を借りたり。やりたい放題だ。

メルツェル　まったく警察は何を。

フリッツ　ま、俺みたいのが警官だからな。

メルツェル　あのね。

ニコラウス　お金は戻るんですか⁉

フリッツ　うーん。それは……。

ニコラウス　絶対取り戻して下さい。お願いします！

フリッツ　まあね。がんばるよ。それなりに。

不機嫌なベートーヴェン。

ベートーヴェン　やかましい！　彼を詐欺師呼ばわりするな！

フリッツ　え。

ベートーヴェン　私はヴィクトルを信じる。不愉快だ。帰ってくれ。

メルツェル　そんな。私は本当のことを。
ベートーヴェン　ヴィクトルは私の友人だ。それを詐欺師呼ばわりする奴と話をする気はない。帰れ！
フリッツ　仕方ないな。引き上げよう。
メルツェル　でも。
フリッツ　こうなったルイスは誰の言葉も聞かない。出直そう。
メルツェル　いや、このまま帰るわけにはいかない。まだ、話は終わっていない。

と、カバンを開いて中をまさぐる。

ベートーヴェン　いいから帰れ。
メルツェル　これを見てほしい。

と、メルツェル、カバンからメトロノームを出してテーブルの上に置く。
カチ、カチという規則正しい振り子の動きに興味を持つベートーヴェン。

ベートーヴェン　……なんだ、これは。
メルツェル　私の発明品。メトロノームです。機械仕掛けで正確なリズムを刻む。

ベートーヴェン　……テンポが目で見てわかるのか。
メルツェル　さすがに飲み込みが早い。

と、メトロノームを操作するメルツェル。重りの位置が変わると振り子のスピードが変化する。

ベートーヴェン　うわ！　テンポが変わった！
メルツェル　この棒の先の重りの位置で、スピードを変えられる。好きなテンポに調整出来るというわけです。

ベートーヴェン、メトロノームの重りを触って、振り子のスピードを変化させる。

ベートーヴェン　……面白い。
メルツェル　でしょう。いかがです。このメトロノームを使ってオペラを作曲するというのは。
ベートーヴェン　なに。
メルツェル　名高いベートーヴェンに私の発明が使ってもらえれば、いい宣伝になる。
カスパール　それは、にいさんの名前を利用するということじゃ。
メルツェル　その通り。すべてはオペラの成功のため。お互いのためですよ。

弟たちの会話は気にせず、他の発明品が気になるベートーヴェン。

ベートーヴェン　これはなんだ、楽器か？

メルツェル　いや、これは補聴器です。

かたまるベートーヴェンと弟たち。

ニコラウス　補聴器？

メルツェル　（すぼまった方を耳に当て）この先の広がった方で音を集めこっちで聞く。耳の不自由な人には、必ず効果がある。

顔を見合わせるカスパールとニコラウス。

ニコラウス　……その補聴器も僕たちが試してみましょうか。

メルツェル　え。

ニコラウス　兄も興味があるようですし。

メルツェル　耳が悪いのかな？

カスパール　いえいえいえいえ。そういうわけではないんです。でも、ほら、音楽家の耳は鋭敏ですから。
ニコラウス　そう。だから普通の人間が使うよりもきっと違いがわかります。メトロノームと補聴器、しっかり試させていただきます。
メルツェル　……ま、宣伝してくれるんなら、いいですけど。
ニコラウス　それはもう。
カスパール　まかせて下さい。
ベートーヴェン　おいおい、勝手に決めるな。
ニコラウス　にいさんは黙ってて！
カスパール　僕らにまかせて！
ベートーヴェン　（その勢いに素直に従う）はい。
メルツェル　オペラの件は？
カスパール　それもあわせてこちらから連絡します。
メルツェル　いつ？
ニコラウス　一週間後、必ず。じゃあ、そういうことで。

半ば強引にメルツェルとフリッツを帰そうとする二人。その勢いに圧され出ていくメルツェル達。

メルツェル　連絡下さいよ、必ず。
フリッツ　ヴィクトルはいいのか?
ニコラウス　あ、それもよろしく。では、また。

二人を帰すと大急ぎで戻ってくるニコラウスとカスパール。

ベートーヴェン　なんなんだ、お前達。
ニコラウス　補聴器か。こんなものがあったなんて。
カスパール　試してみようよ、にいさん。

ベートーヴェンしぶしぶ耳に当てる。

ニコラウス　(押さえた声で)聞こえる?
ベートーヴェン　お、おお。
カスパール　(もっと小さな声で)これでも?
ベートーヴェン　おお。ああ、聞こえる。これ、結構いいぞ。
カスパール　よかった。

ニコラウス　これで作曲も楽になるね。
ベートーヴェン　そんな大声出すな。悪い耳がますます悪くなる。

と、そこにマリアがいるのに気づく。
補聴器を試す所辺りから戻ってきて、こっそり覗いていたのだ。

ベートーヴェン　あ。
マリア　やっぱり。
ニコラウス　なにがやっぱりだ。
マリア　やっぱり耳が悪かったのね。
カスパール　そんなことはない。あ、ヴィクトルは。ヴィクトルはいたのか。
マリア　見つかりませんでした。そんなことより、それ。耳の病気用なんでしょ。ごまかしても無駄です。今、「悪い耳がますます悪くなる」。はっきりそう言いました。
ニコラウス　それは……。
ベートーヴェン　もういい、ニコラウス。なんでそんな小娘相手に誤魔化さなきゃならない。ああ、そうだ、私は耳が悪い。それがどうした。
マリア　どうしたって、音楽家にとっては耳は命でしょう。そんなんじゃ、やがて演奏も作曲もできなくなる。ねえさんが一生懸命作ったピアノの代金も払えない。

ベートーヴェン　そんなことが気になって、こそこそ盗み聞きしてたのか。とんだ小ネズミだな。満足いったか。だったら出ていけ。お前の大事なねえさんに告げ口するんだな。

マリア　そうさせてもらいます。

ニコラウス　待て、待ってくれ。考え直してくれ。

ベートーヴェン　とめることはないぞ、ニコラウス。

ニコラウス　君の目的はともかく、今まで来たメイドの中で、君は一番上手くやってくれたんだ。僕もカスパールにいさんもとても感謝してる。できればもう少し続けてくれないか。

カスパール　……ニコラウス。

ニコラウス　ルートヴィヒにいさんは天才だ。たとえ耳は聞こえなくなっても、収入に困るようなことはない。君達シュトライヒャー家に迷惑はかけない。(ベートーヴェンに) にいさんだって、ナネッテさんのピアノがなくなったら困るだろう。(マリアに) 頼む。

ニコラウスの勢いに困惑するマリア。

と、そこに駆け込んでくる一人の女性。

ヨゼフィーネだ。

ベートーヴェン　……ヨゼフィーネ。

ヨゼフィーネ　……ルイス。主人が亡くなったわ。

驚くベートーヴェン。

ベートーヴェン　……そうか。
ヨゼフィーネ　……（うなずく）

見つめ合う二人。

ベートーヴェン、ちょっと迷うが、ヨゼフィーネをゆっくり抱きしめる。

が、ヨゼフィーネは、ベートーヴェンにすがりつくように抱きつくと、その唇を求める。

ベートーヴェン、最初は戸惑うが、すぐに彼女に応える。

二人の態度に驚く弟たち。マリアは事情が摑めず呆然としている。

そのままベートーヴェンとヨゼフィーネの抱擁激しくなる。

互いを求め合う中、時間が流れる。

ベートーヴェンの部屋から酒場へと、場所も変わる。

だが後方で、ベートーヴェンとヨゼフィーネの愛の営みは続いている。

酒場では、マリア、ナネッテ、アンドレアスが食事をしている。マリアがベートーヴェンの難聴を知ってから数日後のことだ。

ナネッテ　あなたが一緒に夕食なんて、めずらしいわね。
アンドレアス　で、話ってのはなんだい。
マリア　確認出来たわ。ルートヴィヒ・ヴァン・ベートーヴェンは、やっぱり耳の病気よ。
ナネッテ　そう。
マリア　そうって、彼自身認めたのよ。
ナネッテ　だからなんだって言うの。
マリア　ねえさん。
ナネッテ　ルートヴィヒとのつきあいももう四年になる。私が気づかないと思って。それはあんまり馬鹿にしてる。
マリア　じゃあ、わかってて私をメイドに。
ナネッテ　私はとめたでしょ。
アンドレアス　いいだしたら聞かないのは、どっちもだからね。好きにさせるしかない。
ナネッテ　いい、マリア。この四年の間にルートヴィヒの耳の状態は悪くなっていたとしましょう。でも、彼の音楽はどう？　彼の音楽家としての評価はどう？　停滞してる？　よくなってない？
マリア　……それは。

ナネッテ　彼の耳が悪いとかいいとか関係ない。彼は素晴らしいわ。

マリアとアンドレアス、怪訝な目で見つめる。

ナネッテ　(その視線に気づき) もちろん、音楽家としての彼よ。なに、変な目で見てるの。

マリア　ならいいけど。

アンドレアス　経済的な心配なら大丈夫だ。今は、ナネッテの好きなようにやらせてあげればいい。実際、ベートーヴェンのピアノ作りを行っているというのは、それなりに宣伝になるからね。マリアが思うほど悪いことばかりじゃない。

マリア　ほんと、義兄さんは優しいわね。いい旦那さんを持ったことに感謝しないと。

ナネッテ　何、偉そうに。

アンドレアス　まあまあ。(マリアに) それで君はどうするんだ。うちに戻ってくるのかい。

マリア　……いえ。私も続けます。また義兄さんちに厄介になるのも心苦しいし。ニコラウスさん達は懸命に引き留めてくれたから。

アンドレアス　そうか。彼らも大変だなあ。あれだけ気分に波のある兄をもっちゃあ。マリアで役に立つんなら、せいぜい手助けしてやるといい。

マリア　はい。

アンドレアス　そういえば、彼、また昔の恋人とよりをもどしたんだって?

マリア　ああ、ヨゼフィーネさん。
アンドレアス　まあ、今は未亡人だから、倫理的にどうのこうのあるわけじゃないけれど。
ナネッテ　なんで急にそんな話。
アンドレアス　あれ。

と、いつの間にか、身支度を調えたベートーヴェンとヨゼフィーネが、通りの向こうを仲むつまじく歩いている。
それを見たナネッテの顔が強ばる。
と、ベートーヴェン、彼らを見つけたのか、ヨゼフィーネを連れて酒場に入ってくる。

ベートーヴェン　おお、こんなところにいたのかナネッテ、我が同志よ。
ナネッテ　こんばんは。
ベートーヴェン　おお、アンドレアスにマリアもいるな。アンドレアス。最近は君のピアノも随分よくなった。すぐれた細君のおかげだな。
アンドレアス　ありがとう。
ベートーヴェン　今日は実に気分がいい。聞いてくれ、諸君。ここにいるヨゼフィーネがついに私のプロポーズを受け入れてくれた。
ヨゼフィーネ　ルイス。（と、嬉しそうにたしなめる）

ベートーヴェン　祝福してくれたまえ。ああ、ここにいる全員にワインを奢ろう。乾杯だ、みんな。

グラスを掲げるベートーヴェン。

ベートーヴェン　音楽だ。踊るぞ。
ヨゼフィーネ　ルイス、はしゃぎすぎよ。
ベートーヴェン　かまうものか。僕は世界一の幸せ者だ。

ヨゼフィーネとダンスを始めるベートーヴェン。
それをにらみつけるナネッテ。心配げに姉を見たあとベートーヴェンを心配そうに見るマリア。
その光景に困惑気味のアンドレアス。

――暗　転――

【第五景】

それから数ヶ月後。
ベートーヴェンの家。
カスパール、ニコラウスと話をしているメルツェル。

メルツェル　どうだい。その後オペラの方は。
カスパール　まもなく取りかかると言っているのですが。
メルツェル　しかし、あのベートーヴェンが耳が悪かったとはね。えらく補聴器に食いつくはずだよ。
ニコラウス　すみません。
メルツェル　ほんと、頼むよ。ベートーヴェン初のオペラには、アン・デア・ウィーン劇場が興味を持ってくれている。せめて来年にはお願いしたい。ルートヴィヒは？
ニコラウス　今、ピアノの調律中で。
メルツェル　ピアノ？　ああ（といやな笑顔）人妻なんだろ。最近、噂じゃないか。

ニコラウス　噂？

メルツェル　外では未亡人。家では人妻ピアノ技師。それだけ忙しきゃあ作曲する時間もないって。今もずっと籠もりっきりで。鳴らしているのはいったい何の楽器かな。うははは。

と、すごい形相で出てきたマリアがメルツェルを睨み付ける。やばい、という顔になるカスパールとニコラウス。

メルツェル　あ。コーヒーかな。

マリア　ありません。

メルツェル　え。

マリア　豆が59粒しかありません。

メルツェル　いいよ、一粒くらい。

マリア　駄目です。ベートーヴェン家のコーヒーはきっかり60粒で一杯だて。これが決まりです。なのでコーヒーは出せません。申し訳ありません。（と、けんか腰で言う）

メルツェル　なんか態度が全然謝ってないけど。

マリア　申し訳ありません。（ますます胸を張って言う）

メルツェル　（ポケットからコーヒー豆らしきものを取り出す）あ、あったわ、コーヒー豆。はい、

マリア　これで。（と、マリアに差し出す）……干しぶどうですね。干しぶどうはコーヒーミルでは挽けません。申し訳ありません。
ニコラウス　（割って入り）とにかく、これ以上待たれても、そちらの時間がもったいない。
カスパール　兄には必ず伝えます。改めてご連絡しますので、今日の所はお引き取りを。
メルツェル　ほんと、宜しく頼むよ。
マリア　（もっと居丈高に）申し訳ありません！

メルツェル、ちょっとカチンと来るが弟二人がなだめる。しぶしぶ帰るメルツェル。

マリア　二度と来るな！
カスパール　（苦笑して）マリア。
マリア　あんな奴にあんなこと言われる筋合いはありません。
ニコラウス　その通りだ。
カスパール　ニコラウスは、いつもマリアの味方だな。
ニコラウス　え、いや、そんなことは。

慌てるニコラウスだが、マリアは気にしていない。

マリア　そういえばカスパールさん、結婚の件はどうなったんです？
カスパール　だめだ、にいさんは許してくれない。
マリア　ヨハンナさん、いい人だと思うけど。
カスパール　ルイスにいさんは、僕らを完全に管理したいんだ。全部、自分の思い通りに進めたい。僕らの人生も楽譜のように自分の思うように書き進めたいんだよ。
ニコラウス　にいさん、それは……。
カスパール　まあ、あの人のおかげでここまで生きて来られたんだ。感謝は充分にしてるんだけどね。
ニコラウス　そうだよ。ルイスにいさんはいつも父さんから僕らを守ってくれた。
カスパール　まあな。

と、奥のベートーヴェンの仕事部屋からナネッテの声がする。

ナネッテ　いい加減にして！

怒ったナネッテ、部屋から出て来る。

ナネッテ　マリア、お茶！
マリア　はい。

カップを渡すマリア。一気に飲み干すナネッテ。おずおずと出て来るベートーヴェン、耳に補聴器をつけている。

ベートーヴェン　何を怒っている、ナネッテ。
ナネッテ　だってそうでしょ。あなた、私の話全然聞いてない。ペダルで鍵盤をずらすの。それで弦にあたるハンマーの位置が変わる。3本の弦を打っていたハンマーが2本になる。うまくいけば、同じピアノなのに劇的に音色が変わるの。
ベートーヴェン　素晴らしいよ。
ナネッテ　だったらなんで、そんなにぼんやりしてるの。話しかけても上の空だし。こっちが必死で考えてきたのに、馬鹿にしないで。
ベートーヴェン　馬鹿にしてるつもりはない。ただ、その、なんていうか……。
ナネッテ　そんなにヨゼフィーネが恋しい？　彼女からの連絡が来ないのがそんなに気になる？
ベートーヴェン　いいや、そんなわけでは。ただ、今日必ず連絡をくれると。最近、彼女の様子がおかしいんだ。

ナネッテ　様子がおかしいのはあなたよ。
マリア　……ねえさんだと思う。
ナネッテ　余計な口は出さないで。

と、そこにノックの音。
マリアがドアを開けると使いの男が立っている。手に手紙を持っている。

使いの男　ベートーヴェンさんのお宅ですね。ルートヴィヒ・ヴァン・ベートーヴェンさんはどちらに。
ベートーヴェン　私だ。

急いで玄関口に行くと、男から手紙を受け取る。男は去る。
手紙を読むベートーヴェン。血相が変わる。
手紙をクシャクシャにして投げ捨てる。

ベートーヴェン　すぐ戻る。

補聴器をはずし、コートを手に取ると大急ぎで出かけるベートーヴェン。

ナネッテ　ルートヴィヒ！

　マリア、手紙を拾い広げる。中を読む。

マリア　ヨゼフィーネからだわ。

　ナネッテ、あとを追う。マリアも続く。

ニコラウス　マリア。
カスパール　いけよ。俺は留守番する。あの人のお守りは少し疲れた。
ニコラウス　……わかった。

　続くニコラウス。

×　×　×　×

ヨゼフィーネの家の前。
荷物を持って立ち去ろうとしているヨゼフィーネ。
駆けつけるベートーヴェン。

ベートーヴェン　待て、ヨゼフィーネ。
ヨゼフィーネ　ルイス。なぜ来たの。
ベートーヴェン　なぜって、普通来るだろう。あんな手紙をもらったら。
ヨゼフィーネ　もう会うことはない。そう手紙には書いたつもりよ。
ベートーヴェン　もっと大きな声で言ってくれ。君の言葉がよく聞こえないんだ。
ヨゼフィーネ　（普通の声で）私の気持ちは全部手紙に書いた。

彼女の言葉を必死で聞くベートーヴェン。

ベートーヴェン　手紙？　手紙と言ったか？　あんな手紙一つで別れるというのか。結婚しようと約束したあの時の気持ちは嘘なのか。

そこにナネッテとマリアが追いつく。少し遅れてニコラウスも来る。

ヨゼフィーネ　嘘じゃない。真剣よ。真剣だからこそ、決断したの。手紙にも書いたでしょう。ルイス、私には子供がいるわ。子供達を平民の身分には落とせない。
ベートーヴェン　……。

ヨゼフィーネ　あなたと結婚するということは、平民の身分になるということ。私はいい。でも貴族である子供達を私の我儘で平民には出来ないの。
ベートーヴェン　……貴族と平民、結局その話か。だが、時代は変わる。
ヨゼフィーネ　でもあなた方が新時代の英雄と喜んだナポレオンも皇帝になった。結局、貴族は滅びないわ。

ナネッテを見るヨゼフィーネ。

ヨゼフィーネ　よかったわね。これで平民にも機会がきたわよ。

と、ナネッテ、ヨゼフィーネに近寄り、彼女の頬を平手打ちする。
とめるベートーヴェン。

ベートーヴェン　よせ、ナネッテ。

ヨゼフィーネ、悪びれずすっくと立つとナネッテを一瞥《いちべつ》する。

ヨゼフィーネ　もうすぐフランス軍がウィーンを攻めるわ。あなたの大好きなナポレオンが、この

ベートーヴェン　町を壊すの。あなたも先のことを考えた方がいい。

ヨゼフィーネ　……。

　　さよなら、ルートヴィヒ。

　　踵を返して立ち去るヨゼフィーネ。

ベートーヴェン　待ってくれ、ヨゼフィーネ！

　　彼の言葉にも振り返らず、つかつかと歩き去るヨゼフィーネ。

ベートーヴェン　……ヨゼフィーネ。

　　膝をつくベートーヴェン。

ベートーヴェン　……私は誰だ。私はベートーヴェンだぞ。ウィーンを、いやヨーロッパ中を席巻する天才音楽家だ。なのに、今、最愛の女性の別れの言葉すら聞こえなかった。この耳が！　この耳が‼

と、自分の耳を叩くベートーヴェン。それを止めるナネッテ。

ナネッテ　私がいるわ。

ベートーヴェンを抱きしめるナネッテ。

ナネッテ　そう。あなたには私がいる。私のピアノがあなたを支える。

ベートーヴェン、ナネッテの腕にすがりつく。
それを黙って見ているマリア。と、踵を返して、家に戻る。

ニコラウス　マリア……。

ニコラウスの声にも振り向かず、固い表情で立ち去るマリア。ニコラウス、あとを追う。
ナネッテと抱き合うベートーヴェン。
と、どこからともなく砲声が聞こえる。着弾する。空気が震える。

ベートーヴェン　なんだ⁉
ナネッテ　フランス軍よ。フランス軍の攻撃が始まったんだわ。

と、あたりが一瞬にして炎に包まれる。
それは、ベートーヴェンが見た幻影だ。
町を包む炎の中、ヨハンが現れる。

ヨハン　言っただろう、ルートヴィヒ。お前がウィーンに行ってもなにも摑めやしない。なんにもな。

嘲笑うヨハンの幻影。

ベートーヴェン　そんなことはない。そんなことは！

必死で抗い叫ぶベートーヴェン。
だがその声は、戦火の中にむなしくかき消える。響き渡る砲声。燃える街並み。

――暗　転――

【第六景】


1805年11月20日。

ベートーヴェン初のオペラ『レオノーレ』初演の日。

ベートーヴェンの幻視の通り、その五日前の11月15日、フランス軍はウィーンを占領していた。

『レオノーレ』の旋律と『ラ・マルセイエーズ』の旋律が交差して聞こえてくる。

ベートーヴェンの家の前。はき掃除をしているマリア。そこに通りかかるフリッツ。

フリッツ　あれ？　お前、いかなかったの？　今日、ルイスのオペラ、初日だろう。
マリア　ええ、まあ。
フリッツ　奴の初めてのオペラなんだろう。『レオノーレ』だっけ。
マリア　私は家事があるから。

と、そこをフランス軍兵士の隊列が通っていく。

フリッツ　危ない。

と、フランス兵からマリアをかばい道の端による。通り過ぎるフランス兵。

フリッツ　気をつけろ、馬鹿野郎！（と怒鳴る）

と、フランス兵、フリッツを睨み付ける。

マリア　ごめんなさい。こっちが悪かったんです。すみません。

頭を下げるマリアに、フランス兵、立ち去る。
フリッツ、まだ怒りが収まっていない。

マリア　どうしたの、フリッツ。あなたらしくない。
フリッツ　……ろくでなしで日和見主義のフリッツ・ザイデルらしくなかったか？
マリア　そんなことは……。
フリッツ　いいんだよ。俺のことは俺がわかってる。

マリア　……。

フリッツ　……俺はさあ、ウィーンが好きだったんだよ。確かに貴族や金持ちはでかい顔してる。でも、俺みたいなろくでなしな警官がいても適当に居場所がある。ルイスみたいな偏屈野郎でも音楽でやっていける。この町はそんないい加減な所があった。それをナポレオンの野郎が全部ひっくり返しやがった。この町に攻め込んでシェーンブルン宮殿を乗っ取って大本営にしやがって。調子に乗ってんじゃねえぞ。

マリア　……フリッツ。

と、そこにナネッテ、カスパール、ニコラウスが血相変えて戻ってくる。

ナネッテ　マリア！

フリッツ　おお、終わったのか、上演。

マリア　どうだったの？

カスパール　大失敗だ。

マリア　え。

ナネッテ　ルートヴィヒは。戻ってこなかった？

マリア　いいえ。どうかしたの？

ニコラウス　いなくなった。劇場から消え失せた。

カスパール　中を見てくる。

と、部屋の中に入っていくカスパール。

マリア　どうしたの？
ナネッテ　今日のオペラ、客の殆どがフランス軍の兵隊だったの。もう最低。曲を聴かないで騒ぐし、女性歌手が出てきたら卑猥なヤジは飛ばすし。
マリア　ひどい。
フリッツ　フランスの田舎者が。オペラひとつまともに聞けないのか。
ナネッテ　それでもルートヴィヒは最後までやりきったわ。
ニコラウス　終わった途端に客席に向かってひどい悪態ついたけどね。
ナネッテ　それでそのまま劇場を立ち去ってそれきり。出ていく時、すごい形相だったから気になって。
ニコラウス　まったくどこ行っちゃったのか。
ナネッテ　今回の『レオノーレ』だって、けっして出来に満足してはいなかったわ。ただ、メルツェルがどうしても今やれっていうから……。

と、カスパールが顔色を変えて戻ってくる。

手に紙片を持っている。

カスパール　これ。こんなものが机の中に。
ニコラウス　（読む）『私は喜びを持って死に急ぐ』『遺産相続は公平に分配し、兄弟助け合うこと』。
マリア　これってまさか遺書……。
ニコラウス　そんな。にいさんに限って。
マリア　でも、ずっと思い詰めてた。あれ以来ずっと。
ナネッテ　あれ以来？
マリア　ヨゼフィーネとの別れ以来。
フリッツ　やな感じだな。
マリア　とにかく、探しましょう。
フリッツ　わかった、俺も手伝う。
カスパール　まったく、あのバカ兄貴。

それぞれベートーヴェンを探しに走る。

×　×　×　×

ある酒場の前。ベートーヴェンを探しに来るナネッテとマリア。マリア、必死の表情。

フリッツも走ってくる。

ナネッテ　いた？

フリッツ　いや。あっちを探すか。

通り過ぎようとして、マリアが酒場の中の歌声に気づいて立ち止まる。

ナネッテ　なに？

マリア　あれ。

酒場の中から聞こえるのは、『ラ・マルセイエーズ』。

ナネッテ　『ラ・マルセイエーズ』ね。フランス兵達が歌ってるんだ。

と、マリア、酒場に入っていく。

ナネッテ　マリア。

フリッツ　行こう。

あとに続くナネッテとフリッツ。

×　×　×　×

酒場の中。
フランス軍の兵士達が大勢酒を飲んでいる。
全員で『ラ・マルセイエーズ』を大合唱している。酒場の楽団が伴奏している。
その中心で指揮しているのは、ベートーヴェンだった。彼を見つけるマリア達三人。

マリア　いた。
ナネッテ　ルートヴィヒ。何を……。
歌い終わると一同歓声。ワイングラスを掲げるベートーヴェン。

ベートーヴェン　フランス革命にかんぱーい‼
フランス兵達　かんぱーい‼
兵士達と盛り上がっているベートーヴェン。

ベートーヴェン　『ラ・マルセイエーズ』か。フランス革命を支えた歌だ。確かに素晴らしい。

一同、歓声。兵士の一人が言う。

兵士1　ああ、今日の退屈なオペラなんかより、こいつを合唱すりゃよかったんだ。

全員、「そうだそうだ」と声を上げる。

ベートーヴェン　そうか。そんなに今日のオペラはつまらなかったか。

兵士2　ああ、その通りだ。あんなのつまんねえよ。なあ、みんな。

兵士達、全員ブーイングする。

その反応に、ナネッテとマリア、ハラハラする。フリッツは怒る。

フリッツ　何、好き勝手言わせてる。

が、当のベートーヴェンは面白そうに周りを見回すと、一枚の楽譜を取り出す。

ベートーヴェン　だったらこいつはどうだ。

酒場の楽団に渡す。と、兵士の一人を指差す。

ベートーヴェン　お前、さっきから朗々と歌ってたな。歌の心得がありそうだ。楽譜、読めるだろう。

予備の楽譜を出すと、それを兵士に見せる。

ベートーヴェン　さあ、歌え。

と、楽団が演奏するのは『歓喜の歌』の導入の部分。兵士が歌う。
歌が終わると、兵士達、喝采する。

ベートーヴェン　よし、お前達も歌え。

と、兵士達が合唱する。ベートーヴェン、指揮する。
歌い終わると全員大喝采。ベートーヴェンに拍手を贈る。
感嘆しているマリアとナネッテ。だがフリッツの顔は青ざめている。

ベートーヴェン、出入口のところにナネッテとマリア、フリッツがいるのに気づく。喜んでいるフランス兵をかきわけて出入口に向かうベートーヴェン。

ベートーヴェン　いたのか。
マリア　劇場から消えたっていうから、みんなで探してたんです。
ベートーヴェン　ふん。
ナネッテ　今の曲は……。
ベートーヴェン　まだ構想中のものだ。だが、こういう血の気の多い奴らにはこの曲の方がいいと思ってな。ちょっと試させてもらった。
ナネッテ　オペラ？
ベートーヴェン　いや、違う。
ナネッテ　え。
ベートーヴェン　見ろ。みんな、今の曲に興奮してる。劇場での借りは返してやったぞ。
マリア　借り？
ベートーヴェン　ああ。この私が恥をかかされたままで黙っていると思うか。どうだ。フランスの粗野な軍人達を屈服させてやったぞ。私の曲でな。
ナネッテ　確かに。
マリア　でもよかった。自殺じゃなくて。

ベートーヴェン　自殺？　何の話だ。

マリア　メモを残してたでしょう。机の中に、遺書みたいな。カスパールさんが見つけて、それでみんな焦ったんです。

ベートーヴェン　馬鹿か、お前らは。確かにそんなものを書いたことはある。だが落ち着いてよく読め、あれは過去の私との訣別だ。たとえ耳が聞こえなくなっても、この頭の中に音楽がある限り、私は不滅だ。ああ、ウィーンだけじゃない。必ずヨーロッパ、いや、世界に私の音楽を認めさせてやる。

堂々と立ち去るベートーヴェン。

ナネッテも思わず笑い出す。フリッツに自慢げに語る。

ナネッテ　なんて子供っぽい仕返し。でも、あれが彼。私が惚れ込んだ天才よ。

顔を輝かせ、ベートーヴェンのあとを追うナネッテ。フリッツ、圧倒されているがどこか不満な表情。

マリア　……すごい。

マリアは、ベートーヴェンの曲に感じ入っていた。この瞬間は、ただただ、圧倒されていた。

——第一幕　幕——

――第二幕――　歓喜

【第七景】

1812年。

交響曲第三番『英雄』が流れてくる。

ウィーンの人々が新聞片手に噂話をしている。「ナポレオンが負けた」「ロシアで」「冬の寒さに」などと囁いている。

その中にフリッツとアンドレアスもいる。

背後に、雪と飢えで撤退するナポレオン軍の姿が浮かび上がる。

アンドレアス　聞いたか、フリッツ。ロシアで、ナポレオン軍が敗退だ。
フリッツ　こいつは流れが変わるぞ。ウィーンをフランスから取り戻せる。皇帝と貴族が支配していたあのウィーンをな。

人々は去る。

そしてベートーヴェンの部屋。

ニコラウス、マリア、カスパールとその妻ヨハンナ、息子のカールがいる。
旅行カバンを持ったベートーヴェンが戻ってくる。九月も終わりの頃だ。

ベートーヴェン　戻ったぞ、マリア。
マリア　お帰りなさい。どうでした、テプリッツは。

と、後ろからメルツェルも入って来る。

メルツェル　いやあ、さすがはルートヴィヒだ。対ナポレオン戦争の対策会議で集まってる貴族達に、バッチリ顔と名前を売ってきた。
マリア　あれ、メルツェルさんもご一緒でしたっけ。
ベートーヴェン　今、家の前で会った。
メルツェル　君の噂はこのウィーンでも持ちきりだ。オーストリアの皇后や大公に会った時も、ゲーテがペコペコしたのに君は毅然とした態度で彼らの前を横切り、逆に彼らから挨拶をされたそうじゃないか。
ベートーヴェン　芸術家は貴族よりも勝る。対価はもらうが、彼らに奉仕するつもりはない。
メルツェル　それそれ。素晴らしい言葉だよ。さすがはルートヴィヒ。
ベートーヴェン　で、なんの用だ。

メルツェル　君に紹介したい人間がいてね。
ベートーヴェン　紹介？

と、おずおずと話に割り込むニコラウス。

ニコラウス　お帰り、にいさん。
ベートーヴェン　おう、来てたのか。（と、そこでカスパール達に気づき表情がこわばる）
カスパール　久しぶり……。
ベートーヴェン　（無視して）マリア、夕飯は外で食べる。行くぞ、メルツェル。
メルツェル　え。
カスパール　待ってくれ、にいさん。
ベートーヴェン　お前と話すことは何もない。
ニコラウス　カスパールにいさんは、仲直りしたいと待っていたんだ。話をきいてあげて。
ベートーヴェン　私に話を聞いて欲しければ、そのくだらない女と別れてから来い。お前は私の忠告も聞かず、その教養もなければ、芸術の理解もできないくだらない女を選んだ。6年経ってもまだその罪に気づかないのか。
カスパール　にいさん。
ベートーヴェン　お前の言葉は聞こえない。だが、その馬鹿面で何を言ってるかはわかるぞ。私の慈悲を請いたいのなら、まず己の過ちを改めろ！

と、カスパールが激しく咳き込む。

ヨハンナ　カスパール。

その様子に、ちょっと鼻白むベートーヴェン。
マリア、補聴器を出すとベートーヴェンに突き出す。

マリア　聞いてあげて下さい。お願いします。

メルツェル　お、私の補聴器だね。

マリアが、余計な口をはさむなとメルツェルをにらみつける。

メルツェル　これは失敬。

と、マリアから補聴器を受け取ると、ベートーヴェンの耳に当てる。
咳を我慢して話しかけるカスパール。

カスパール　……ご覧の通り、具合が悪いんだ。だから、にいさんにこのカールの後見人になってほしい。

ベートーヴェン、カールを見て微笑む。

ベートーヴェン　おいで、カール。

カールを抱きしめるベートーヴェン。カールには優しく話しかけるベートーヴェン。

ベートーヴェン　どうだ、カール、ピアノは弾いているか。
カール　うん。
ベートーヴェン　このベートーヴェンおじさんの甥っ子なんだ。すぐに上手になる。ピアノは好きか。
カール　少しだけ。
ベートーヴェン　今にもっともっと好きになるぞ。（カスパールに厳しい声で）練習はさせてないのか。
カスパール　その子を音楽家にするとは決めてない。
ベートーヴェン　なんだと。……どうせ、そこの女の入れ知恵だろう。カスパール、だからそんな女と結婚するなと言ったんだ。まったく度しがたい女だ。

カスパール　にいさん。
ベートーヴェン　わかった。カールは可愛い私の甥だ。その女と別れさえすれば、喜んで後見人になろう。
ヨハンナ　そんな。
ベートーヴェン　それが私の最大の譲歩だ。
ニコラウス　それは言いすぎだよ、にいさん！
カスパール　……結局、変わらないな。あんたも一緒だ、とうさんと。
ベートーヴェン　なに。
カスパール　俺達を縛りつけて、自分の考えを押しつけて。あんたがあれだけ憎んだとうさんと同じじゃないか。
ベートーヴェン　……くだらんな。あんな男と私のどこが同じだ。テプリッツではたくさんの王侯貴族達と会った。ゲーテがペコペコしたオーストリアの皇后や大公の前でも芸術家としての矜持を忘れずに、堂々と振る舞った。その私のどこが、あんな飲んだくれと一緒だと言うんだ。
ヨハンナ　もういいわ、カスパール。やっぱり無駄だったのよ。この人に話は通じない。行きましょう。帰るわよ、カール。

と、その時ドアベルの音。

マリア　誰？

メルツェル　あ。来た来た。

と、メルツェルが男を招き入れる。帽子を目深にかぶりコートを着ている。ステファン・ラヴィックだ。

メルツェル　いい腕だと評判の医者だ。是非君に紹介したかった。弟さんも具合が悪いなら診てもらうといい。

帽子を取るラヴィック。

ラヴィック　初めまして。ステファン・ラヴィックです。

その顔を見て驚くベートーヴェンたち三兄弟。彼は父親のヨハンによく似ていた。

ベートーヴェン　……なぜだ、なぜお前がここにいる。

ニコラウス　落ち着いて、にいさん。他人の空似だよ。

ベートーヴェン　（ラヴィックに）出ていけ。お前なんかこの家には一歩も入れさせん。
ニコラウス　待って。まだカスパールにいさんと話し終わってない。（部屋に行こうとするベートーヴェンを止める）
ベートーヴェン　放せ！

ニコラウスを振り払うベートーヴェン。

ベートーヴェン　（ニコラウスに）逆らうならお前も同じだ。兄の恩を忘れた裏切り者が。（カスパールも指し）二人とも二度と私の前に姿を見せるな！

そう言うと、部屋に入る。

メルツェル　……なんだ、あいつ。（ラヴィックに）わざわざ来てもらったのに申し訳ない。
ラヴィック　いや。

カスパール、苦しいのかうずくまっている。

ヨハンナ　カスパール……。

マリア　大丈夫ですか。

その様子が気になるラヴィック。脈を取る。
そのあとカスパールの胸を開くと、そばに落ちていた補聴器を耳に当て、聴診器代わりにする。その動作、きびきびとして、彼が有能な医者であることがわかる。

ラヴィック　早く家に戻った方がいい。メルツェル、馬車を。
メルツェル　俺が?
ラヴィック　はやく。
メルツェル　はいはい。

馬車を呼びに外に出るメルツェル。

ラヴィック　胸をやられているようですね。それも、あまりよくはない。
ヨハンナ　やっぱり。
ラヴィック　明日にでも薬を持って伺いましょう。
ヨハンナ　ありがとうございます。
ニコラウス　（そばの紙にメモする）住所はこちらです。

戻ってくるメルツェル。

メルツェル　通りがかりの馬車を捕まえた。早くしろ。
ラヴィック　家で安静にさせなさい。メルツェル、手伝って。
メルツェル　また俺？
ラヴィック　はやく。
メルツェル　はいはい。ニコラウス。
ニコラウス　はい。

と、二人でカスパールを支えて外に出る。

ヨハンナ　行くわよ、カール。
マリア　あの……。
ヨハンナ　ルートヴィヒに伝えて。もう二度と会うことはないから安心してと。
マリア　そんな……。

カールを連れて出ていくヨハンナ。

ラヴィック　（ベートーヴェンが入った部屋の方を見て）……変人とは聞いていたが聞きしに勝るな。
マリア　すみません。今日はちょっとおかしくて。いつもはあそこまでじゃないんですけど。
ラヴィック　かなり感情の起伏が激しいようだね。
マリア　ええ。耳が悪くなってからは尚のこと。
ラヴィック　ずっと聞こえないのかな。
マリア　いえ、一日のうちで波があるようで。調子がいい時は夜中でも起きてピアノを弾くから、近所から苦情が来たり。それでまた怒ったり。なかなかうまくいきません。
ラヴィック　なるほど。

と、戻ってくるメルツェルとニコラウス。

マリア　大丈夫だった？
ニコラウス　ああ。
メルツェル　俺達も引き上げよう、ラヴィック。
ラヴィック　そうだな。彼の気持ちが落ち着いた頃、またお伺いします。
ニコラウス　カスパールにいさんのことは有り難うございました。でも、ルートヴィヒにいさんは、あなたにはかからないと思います。

ラヴィック　え。
ニコラウス　あなたは死んだ父にそっくりなんです。
ラヴィック　私が。
ニコラウス　僕らも一瞬驚きました。
ラヴィック　失礼ですが、お父様との間に諍いが。
ニコラウス　まあ、色々と。兄は多分、あなたの顔を見るのも好まないと思います。
ラヴィック　なるほど。なかなか興味深い。
メルツェル　ルートヴィヒに、今日のことは貸しだと伝えておけ。
ラヴィック　では、また。
ニコラウス　え。
ラヴィック　また来ます。（と、微笑む）

二人立ち去る。
ニコラウスと二人になるマリア。

マリア　……お茶でも入れようか。
ニコラウス　……マリア、君はいつまでここにいるつもりだ。
マリア　え。

ニコラウス　僕ももうここには顔を出さない。これ以上、にいさんの世話はまっぴらだ。
マリア　ニコラウス。
ニコラウス　僕と一緒に暮らしてくれないか。家政婦としてじゃない。妻として。
マリア　え。
ニコラウス　結婚してくれ、マリア。

驚くマリア。

ニコラウス　急でごめん。でもずっと言いたかったことなんだ。
マリア　……。
ニコラウス　これ以上、あんな我儘男の相手をして君の人生を無駄にすることはない。愛してるんだ、マリア。

マリアの肩をつかむニコラウス。
と、無理矢理離れるマリア。

ニコラウス　……。
マリア　……ごめんなさい。でも……。

ニコラウス　マリア。
マリア　ごめんなさい。

近づこうとするニコラウス。彼を拒絶するマリア。
と、入り口近くにナネッテが立っている。気づいて慌てるニコラウス。

ニコラウス　ナ、ナネッテさん。いや、これは。

が、ニコラウスを無視してマリアに近づくナネッテ。カバンからメトロノームを出す。

ナネッテ　これ、彼に返して。

その表情、険しい。

マリア　メトロノーム？
ニコラウス　これ、にいさんがテプリッツに持って行ってたんじゃ。
ナネッテ　間違って私の荷物に入ってた。
マリア　え、じゃあ、ねえさんもテプリッツに。

ニコラウス　待って、今にいさんを呼ぶ。
ナネッテ　いいの！　呼ばないで。彼には会いたくない。
マリア　え。
ナネッテ　（ニコラウスを見て）まったく、兄弟揃って。

吐き捨てるように言うと、立ち去るナネッテ。

マリア　どうしたの、ねえさん。待って。

追いかけて行くマリア。
ニコラウス、メトロノームを持って呆然と佇む。
大きくため息をつくニコラウス。メトロノームを置いて立ち去る。

――暗　転――

【第八景】

暗闇の中、前景から置いていったメトロノームだけが、浮かび上がっている。

と、ベートーヴェンが現れ、それをピアノの上に置く。明るくなると、そこは彼の仕事部屋。

作曲中のベートーヴェン。

曲のイメージを摑もうと一人ピアノの前に座ったり、楽譜に向かったり、集中できないのか、うろうろしたり。

それとは時間も場所も別にして、ナネッテのピアノ工房も浮かび上がる。

ピアノの調整をしているナネッテ。

と、マリアが現れる。

彼女たちの会話とベートーヴェンの行動は、今の所、全く別である。

マリア　何があったの、ねえさん。
ナネッテ　……。

マリア　私、知らなかった。ルートヴィヒさんと一緒にテプリッツに行ってたの？
ナネッテ　ええ。
マリア　二人きりで？
ナネッテ　ええ。
マリア　それって、まさか。
ナネッテ　確かにルートヴィヒと一緒にテプリッツに行ったわ。ゲーテと会うから一緒に来てくれといわれたの。彼との出会いが、創作の大きなインスピレーションになる。その現場に立ち会ってくれと。
マリア　断らなかったの？
ナネッテ　なんで。ルートヴィヒはあの文豪をもの凄く意識してたし、そんな面白そうな場面に立ち会えるのを断る人間はいない。ゲーテと会った夜、私も彼も異常に興奮していた。
マリア　……そんな。義兄さんが可哀想。
ナネッテ　アンドレアス、アンドレアス、ちょっと来て。

と奥にいるアンドレアスを呼ぶ。

マリア　ねえさん、なにを。

ナネッテ　いいの。

出て来るアンドレアス。

ナネッテ　丁度いいわ。アンドレアスにも話をする。テプリッツで何があったか。

不意にナネッテの回想になる。
別場所にいたベートーヴェンとナネッテの時空が一致する。テプリッツの宿でのベートーヴェンとナネッテの会話になる。

ベートーヴェン　見たか、ナネッテ。どの貴族も私の音楽を素晴らしいと。あのゲーテさえも。
ナネッテ　ええ。
ベートーヴェン　現金な奴らだ。ナポレオンがモスクワで痛い目にあったのがわかった途端、息を吹き返した。もう一度自分たち王侯貴族の時代が来ると思ってやがる。でもな、政治は移ろいやすいが、芸術は不滅だ。
ナネッテ　そうよ、その通り。
ベートーヴェン　ゲーテも同志だと思ったんだがな。奴は、オーストリアの大公達が来た途端ペコペコしだして。幻滅だよ。

ナネッテ　あなたは無視して歩き去ったんでしょ。まさに芸術は不滅を体現したのね。
ベートーヴェン　……いや、本当は気がつかなかっただけなんだ。
ナネッテ　え。
ベートーヴェン　考え事に集中してて、大公達に気がつかなかっただけだ。

笑い出すベートーヴェン。ナネッテもつられて笑う。二人笑いながら会話する。

ベートーヴェン　後でゲーテに諭されて、内心冷や汗をかいた。表面上は気にしてないふりしてたけどな。誰にも言うなよ。
ナネッテ　わかった。二人だけの秘密ね。そんな夢中になって、何、考えてたの。

ベートーヴェン、真顔になる。

ベートーヴェン　……君のことだ。
ナネッテ　……え。
ベートーヴェン　……ナネッテ。君こそ僕の最大の理解者だ。

ナネッテを抱きしめるベートーヴェン。

ベートーヴェン　愛してる、ナネッテ。

キスしようとする。が、彼を見つめるナネッテの目は悲しみに満ちていた。

ナネッテ　放して、ルイス。

その声の冷たさに、虚を突かれるベートーヴェン。

ベートーヴェン　……。
ナネッテ　お願い、放して。
ベートーヴェン　（狼狽する）……なぜだ。君も僕を支えると言った。君も僕のことを……。
ナネッテ　確かにあなたのことは好きよ。あなたほど尊敬出来る人間はいない。でもそれは音楽家として。あなたと一緒にいると燃える。でもそれは女心じゃない。ピアノ職人としてなの。
ベートーヴェン　……。
ナネッテ　女がピアノを作る。それだけでみんな好奇の目で見るわ。貴族の家に修理に出向いて、そこで口説かれたことも何度もある。でも、あなただけは違った。最初から、女ではなく同志として見てくれた。だから、私はあなたと一緒にいられた。音楽という巨大な怪物と戦う同志として。

ベートーヴェン　……同志。

ナネッテ　でも、あなたも他の男と一緒だった。

哀しい目でベートーヴェンを見つめるナネッテ。その表情に言葉が出ないベートーヴェン。

ベートーヴェン　……。

ナネッテ　……しばらくあなたとは会わない。これ以上、あなたを嫌いになりたくないから。

ナネッテの回想が終わり、マリアとアンドレアスとの会話に戻る。

ナネッテ　次の日の朝早く、私はテプリッツを発った。

ベートーヴェン、激しく自分を責める。
そのまま、暗闇の中に消えていく。それを見送るナネッテとマリア。

マリア　でも、ヨゼフィーネさんとの別れの時にはねえさん、ひどく怒ってたよね。

ナネッテ　ええ。愚かな女に翻弄されて、自分の音楽をおろそかにする彼にね。あんな女に時間を浪費する彼に、無闇に腹が立った。

マリア　……ごめんなさい。私……。

狼狽するマリア。

マリア　ごめんなさい、変な想像しちゃって。ねえさんにも義兄さんにも失礼なことした。

ナネッテ　そうね。あなたは、私のこと、もう少しわかってくれてると思ってた。

マリア　……ほんとにごめんなさい。

ナネッテ　あやまるより、よく考えた方がいい。なぜ、あなたがそんな考えをもったかね。

マリア　今日、あなたが血相変えて私を訪ねてきた理由。それをしっかり自分に聞いたほうがいいんじゃない。

ナネッテ　……。

マリア　最初のオペラに失敗して、彼が消えた日、私よりも必死で彼を探して、私よりも深く酒場での歌に感動していたのは誰？

ナネッテ　……それは。

ナネッテ　彼の生き方は彼の音楽と同じ。翻弄し圧倒し昂揚させる。しっかり自分の声を聞かないと、ルートヴィヒ・ヴァン・ベートーヴェンという嵐に呑み込まれるわよ。
マリア　……。
ナネッテ　じゃ、まだ仕事があるから。

と、別室に去るナネッテ。
それまで姉妹の会話を黙って聞いていたアンドレアス、呆然とするマリアの肩に優しく手を置く。

マリア　……義兄さん。
アンドレアス　ナネッテにはピアノしかない。彼女の夫であるということは、ピアノを愛する彼女を愛せるか、いや、ピアノしか愛せない彼女を愛せるかということなんだ。
マリア　それで義兄さんは幸せなんですか。
アンドレアス　そういう人を愛してしまったんだ。これも運命だ。

マリアに微笑むアンドレアス。

アンドレアス　一番不幸なのは、その運命に目をつぶっていることだよ、マリア。

マリア、その言葉にハッとしてアンドレアスを見つめる。

――暗　転――

【第九景】

ベートーヴェンの家。
メトロノームが動いている。
暗がりに一人、楽譜を書いているベートーヴェン。うまくいかないのか、楽譜をクシャクシャに丸めて投げ捨てる。

ベートーヴェン　くそ。

と、人の気配を感じる。

ベートーヴェン　マリアか。遅かったじゃないか。

と、振り返る。そこに立っているのは父親ヨハンの幻影。

ベートーヴェン　またお前か。医者には用がない。帰れ。
ヨハン　お前は何も摑めない。
ベートーヴェン　……とうさんか。まだ、俺の回りをうろついてるのか。
ヨハン　金も女も名声も何も摑めない。ましてやお前の音楽など誰も聞きはしない。
ベートーヴェン　やかましい！　消えろ‼

と、棚にあった過去の楽譜を投げつけるベートーヴェン。
ヨハンの幻影、消える。
同時にメトロノームも止まる。
明るくなると、そこにはマリアが立っている。

マリア　……私、ですか？

ハッとするベートーヴェン。

ベートーヴェン　マリアか。どこに行っていた。
マリア　いま、消えろといいました？
ベートーヴェン　なんでもない。何も言うな。どうせ聞こえない。

マリア　……ルートヴィヒさん。
ベートーヴェン　なんだ、その目は。まだ、昼間のことを言っているのか。かまわない。馬鹿な弟どもと縁が切れてせいせいした。それより譜面だ。書き込めるものがなくなった。新しい譜面を作ってくれ。大至急だ。
マリア　……。
ベートーヴェン　ごたくは聞かんぞ。実際、耳が聞こえなくなって実に助かった。お前達俗人が発する俗な雑音を耳にしなくてすむからな。私の頭の中に私の音楽は鳴り響いている。完璧な音楽が。私は神に感謝している。余計な雑音は取り除いて、完璧な音楽のことだけを考えられるようになったのだから。さあ、早く譜面を作れ。
マリア　どうしてそうなんですか。人の話をきかず、傲慢で狭量で我儘で。だから誰もいなくなるんです。
ベートーヴェン　なに。
マリア　音楽家ってそんなに偉いんですか！　カスパールさん、ヨハンナさん、親しい人をみんな傷つけて。ニコラウスさんもねえさんも、もう来ないそうです。私だって！
ベートーヴェン　……なにを言っている。
マリア　もう、ほんと、馬鹿みたい！

ベートーヴェンにも自分にも苛立つマリア。

その苛立ちをおさめる術が見つからず、とりあえず、散らばっている過去の楽譜を片付け出す。

ふと、楽譜に目をやるマリア。その楽譜の曲が流れ出す。おもにピアノソナタ。『月光』『悲愴』その他。

マリア、手を止めて楽譜を見る。続けて次の楽譜。夢中で見始める。ピアノソナタが流れていく。

ベートーヴェン　……どうした。
マリア　……ずるい。
ベートーヴェン、マリアを不可解そうに見る。
マリア、ベートーヴェンを見つめる。
マリア　……今日でやめようと思ってたのに。なんでこんな曲書くんですか。最低な人なのに、音楽だけは……。
ベートーヴェン　……。
顔をそむけるマリア。楽譜を棚に戻す。その背中が寂しげである。

ベートーヴェン、彼女に近づくと、そっと抱きしめる。

マリア　え。

ベートーヴェン　……お前だけだ、私をわかってくれるのは。

マリア　……。

ベートーヴェン　マリア。

マリアの身体を自分の方に向け、口づけしようとするベートーヴェン。

マリア　……私はねえさんじゃない。

その気持ちはベートーヴェンに届いたのか、彼の動きが止まる。

マリア　ねえさん以外の誰かでもない。

と、彼の腕をふりほどき離れるマリア。

マリア　抱くのならせめて、せめてちゃんと好きになってからにして。

マリアに背中を向けるベートーヴェン。

ベートーヴェン　ふん。俗人は悲しいな。聞こえなくても何を言っているのかよくわかる。そんなに愛が欲しいか。だがその言葉はどこまで誠実なのか。女ってのは、愛を求めるくせに、すぐに他の男に乗り換える。知ってるぞ、ニコラウスはお前のことを愛している。

マリア　私はちゃんと断りました。

ベートーヴェン　もういい。出ていけ。私は誰に理解されなくてもいい。されようとも思わない。

マリア　……。

ベートーヴェン　かまわないぞ。みんないなくなる。それでいい。

マリア　……可哀想な人。

部屋を飛び出すマリア。

大きく息を吐くベートーヴェン。

ベートーヴェン　馬鹿な男だ。姉と同じ失敗を繰り返すか……。

自分を責めるベートーヴェン。座り込む。
部屋の蠟燭が消える。暗闇が部屋を包む。
なぜかメトロノームが再び動き出す。
それを見つめるベートーヴェン。
どれくらい座り込んでいたのか、ベートーヴェン、ゆっくり動くと、灯りをつける。
コーヒー豆入れを手に取るベートーヴェン。
豆をつかんでコーヒーミルに入れ、挽こうとするがひっかかってうまく挽けない。

ベートーヴェン　くそ！

コーヒーミルを放り出すベートーヴェン。
鍵盤を叩くが、手を止める。

ベートーヴェン　……音が狂ってる。

楽譜を探し始める。

ベートーヴェン　……譜面。……新しい譜面はどこだ。

あちこち探すが見つからない。癇癪をおこす。

ベートーヴェン　ああ、もう！　なんで、こうなるんだ‼

椅子を倒したり家具に八つ当たりするベートーヴェン。
と、ドアが勢いよく開き、マリアが入って来る。手に大きな布袋。

マリア　はい、譜面です。

と、布袋の中から大量の譜面を出す。

マリア　出版社に頼んで、さらの譜面をもらってきました。あそこなら作り置きがあるんです。

ベートーヴェン　……マリア。

布袋からノートのような冊子を出す。

マリア　会話帳です。これからいいたいことはこれに書きます。

いいながら書くマリア。

マリア　あなたは最低の男です。でも、あなたの音楽は最高です。それが自滅するのは許せない。あなたの音楽は私が支える。メイドじゃない。マリア・シュトライヒャーはルートヴィヒ・ヴァン・ベートーヴェンの代理人として動く。それでよければここにサインして下さい。

布袋から出した契約書を突き出すマリア。一瞬呆然とするベートーヴェン。

マリア　私は私の気持ちに正直になります。あなたは？

ベートーヴェン、乱暴にサインする。

ベートーヴェン　後悔するなよ。
マリア　しませんよ。あなたは天才です。音楽に限れば。

そのマリアの表情、なにかをふっきったかのように、強い意志に満ちている。

ベートーヴェン　最高の褒め言葉だよ。

そのマリアを受け止めるように見つめるベートーヴェン。

——暗　転——

【第十景】

1813年、夏。ウィーン。酒場。
酒場は人々で盛況。
ラヴィックとニコラウスが入って来る。

ラヴィック　混んでるね。

と、フリッツが現れる。以前と違い、警官の制服をきっちり着て威圧的な雰囲気になっている。

フリッツ　久しぶりだな、ニコラウス。
ニコラウス　フリッツさん。（その変わり具合に驚く）
フリッツ　なんだ、席がないのか。

と、フリッツ、適当な席の前に立ち、座っている中年の男を威圧する。

フリッツ　お前、確かこの近くのパン屋だったな。こんなにのんびり食事しているところを見ると、随分もうかってるようだな。今度、ゆっくり捜査させてもらおうか。

男　と、とんでもない。貧乏暇無しですよ。今、帰ります。

大慌てで立ち上がると店を出る。フリッツ、自慢げにニコラウス達を呼ぶ。

フリッツ　あいたぞ。来い。（店の人間に）コーヒー三つだ。急げよ。

戸惑っているニコラウス。

ラヴィック　（小声で）行こう。逆らわない方がいい。

ニコラウス　え。

ニコラウスを押すように席に着くラヴィック。

ラヴィック　ありがとう、フリッツ。

フリッツ　俺は友情に厚い男だからな。（ニコラウスに、にこやかに）久しぶりだなあ。兄貴の家を出てどのくらいになる。
ニコラウス　もうすぐ一年ですかね。
フリッツ　リンツで薬局やってんだって。
ニコラウス　ええ。ラヴィック先生の助けもあって何とか。
フリッツ　そうか。ま、いいことだ。（コーヒーが来ないことに苛立つ）遅いな、何やってる。
目の前をボーイが別の客用にコーヒーを運んでいる。それを呼び止めるフリッツ。
フリッツ　おい、どこに運んでる。それはこのテーブルだ。
ボーイ　え。
ラヴィック　フリッツ、私たちは急がないよ。
フリッツ　俺が急ぐんだよ。（ボーイに）わからないのか。ここだ。
ボーイ、仕方なくコーヒーを置く。四つある。
フリッツ　……四つか。まあいい、二杯くらい飲むだろう。ニコラウス。
ニコラウス　ええ、まあ。

渋い顔のラヴィック。雰囲気を変えようと話題を振るニコラウス。

ニコラウス　しかし、昼間からよく混んでますね。
フリッツ　ああ。こないだスペインの王様が連合軍に負けただろう。
ニコラウス　あ、ナポレオンの兄さんの。
フリッツ　あれで、スペインもナポレオンの支配から逃れた。奴の天下もこれで終わるって、みんな大喜びさ。
ラヴィック　フランス軍がウィーン占領してから、この町の連中はすっかりナポレオン嫌いになったからな。
フリッツ　連合軍の将軍、あのイギリスの、なんだっけ。
ラヴィック　ウェリントン侯アーサー・ウェルズリー。
フリッツ　それだ。ナポレオン軍に勝った男だからな。そのウェリントン侯もすっかり有名人だ。
ニコラウス　なるほど。
ラヴィック　一時期は、ナポレオンこそ革命戦争の雄と、知識人達も持ち上げたものだが、まったく世間っていうのは。
フリッツ　なに。何がどう変わろうと、ウィーンの町は俺達警察がしっかり守ってやるよ。

ニコラウス　……フリッツさん、変わりましたね。

フリッツ　（急に真面目な口調で呟く）お前の兄貴のおかげだよ。

ニコラウス　え。

そこにご機嫌な様子のメルツェルが現れ、彼らのテーブルに近づく。遅れてマリアも現れるが、ちょっと遠くから様子を見ている。マリア、それまでの少女の面影を残した雰囲気から一転して、きりりとして秘書然とした服装と態度。

メルツェル　おい。ニコラウスじゃないか。久しぶりだな。奇遇だな、今、ちょうど君の兄貴に……（そこでフリッツに気づき）おいおい、なんだ。今日は警官立ち会いの昼食会か？

フリッツ　何か文句あるのか。

メルツェル　フランス軍が去っても、最近は警察がしっかり代わりを務めてくれてるからね。嫌われ者の代わりを。

フリッツ　なに。

ラヴィック　メルツェル。（と、とめる）彼のおかげで座れたんだ。

フリッツ　ああ、俺は市民警察の親切な警官だからな。そして市民はその親切な警官に、感謝の念を忘れてはいけない。

ラヴィック　当然だよ。
フリッツ　（メルツェルに）口の利き方に気をつけろよ。警察怒らせたら、お前らの興行もつぶれかねないぞ。

と、マリアが近づき声をかける。凛とした態度だ。

マリア　ごめんなさい。ルートヴィヒの新作なの。フリッツさんも応援して。
ニコラウス　……マリア。（その変貌に驚く）
ラヴィック　じゃ、オーケーしたのか。
メルツェル　ああ、ベートーヴェン作曲『ウェリントンの勝利』、戦争交響曲だ。こいつは受けるぞ。
ニコラウス　ナポレオン軍の敗北を、テーマにするんですか。
ラヴィック　ナポレオンも形勢不利だし、このままだと旧体制の巻き返しが一気に来るだろうな。
メルツェル　だからこそ受けるんだよ。
フリッツ　なるほど。それはいい。みんな大喜びだ。
マリア　ありがとう。
フリッツ　ルートヴィヒもそういう曲を作ってればいいんだ。そうすりゃ、当局にマークされない。

ニコラウス　え。

と、驚くニコラウスに落ち着くように手を置くラヴィック。

フリッツ　気をつけろよ。芸術家の自立とか市民の自由とか、メッテルニヒ大臣は一番嫌ってるからな。さ、仕事仕事。

マリア　ねえ、フリッツ。

フリッツ　なんだ。

マリア　あなた、いい加減なウィーンが好きだったんじゃないの。

フリッツ　……あれは負け犬の遠吠えだ。

と、立ち去るフリッツ。

彼らのやりとりを呆気にとられて見ているニコラウス。

メルツェル　あの野郎……。メッテルニヒ大臣の世の中になってから、この町もすっかり警察が幅をきかしてやがる。

ラヴィック　大臣直属の秘密警察も活発に動いてるしな。

マリア　あのいい加減なフリッツが、あんなになるなんて。

ニコラウス　いや、君も。
マリア　え。
ニコラウス　なんか、随分しっかりしたっていうか。
メルツェル　そうとも。今やルートヴィヒ・ヴァン・ベートーヴェンの音楽活動にはなくてはならない秘書様だ。
マリア　よして、メルツェル。
メルツェル　（ラヴィックに）まだ、ルートヴィヒ大先生は診察させないのか。
ラヴィック　ああ。
マリア　耳だけじゃない。内蔵の調子も良くないから、なんとか先生に診てもらいたいんだけど。
メルツェル　そんなに似てるのか、親父さんと。
ニコラウス　ええ。兄と父との関係は相当こじれてましたから。
ラヴィック　でも、私はあきらめません。彼の症状は独特だ。私は耳の問題は（耳をさし）ここだけじゃなく、心の問題も関係してると思ってる。
マリア　そんなことが。
メルツェル　お前さんは立派な医者だな。じゃ、マリア、体調管理もしっかり行って、作曲の方よろしく。
マリア　まかせて。

メルツェルと握手するマリア。

立ち去るメルツェル。

ニコラウス　……驚いたな。あの偏屈なにいさんが、そんな時流にあわせた曲を書くなんて。

マリア　彼にはお金が必要なんです。で、今日はなんですか。

ニコラウス　……カスパールにいさんの容体がよくない。

マリア　え。

ニコラウス　先生が診てくれているから、まだ保《も》ってはいるが。

ラヴィック　一進一退という所です。

ニコラウス　なんとかにいさんと仲直りさせたくて。

マリア　……それは無理ね。

ニコラウス　え。

マリア　今の彼が気持ちを変えるとは思えない。

ニコラウス　せめて会えないか。直接会って話がしたい。

マリア　やめた方がいい。

ニコラウス　なんで。

マリア　結婚したんですって。家政婦をしてくれていた人だっけ？

ニコラウス　あ、ああ。
マリア　でも、ルートヴィヒは自分に無断で勝手にと、あなたに怒ってる。
ニコラウス　そうなのか。
マリア　ええ。今、あなたが会っても彼の機嫌は直らない。むしろ悪くするだけよ。
ニコラウス　……君も変わったな。
マリア　そう？
ニコラウス　以前の君なら、例え無理だと思っても、一度は彼に話をしてくれたはずだ。
マリア　ごめんなさいね。結果のわかっていることで、彼の気持ちを乱させたくはないの。何よりも作曲を優先させたい。今の私は、彼の音楽を売って商売してる立場だから。
ニコラウス　……でも、カスパールにいさんのことだけは気に懸けてくれ。にいさんが無理なら、君だけでも。
マリア　わかった。じゃ。結婚おめでとう。奥様に宜しく。（ラヴィックに）また、ご連絡します、先生。
ラヴィック　ああ。

と、立ち去るマリア。

ニコラウス　……どうやら僕にはリンツの薬屋くらいがお似合いのようだ。今のウィーンは変わりすぎて辛い。

コーヒーカップを手に取るラヴィック。

ラヴィック　ゆっくり味わうといい。これでしばらくウィーンのコーヒーも飲めないだろう。

ニコラウス　そうですね。

と、コーヒーに口をつけるニコラウス。

——暗　転——

【第十一景】

1813年、12月8日。『ウェリントンの勝利』と『第七交響曲』の演奏会が開かれたその夜。ベートーヴェンの家。

ベートーヴェン、マリア、メルツェルがいる。

ワインで乾杯する三人。


メルツェル　演奏会の大成功を祝して、乾杯！

　三人グラスを掲げる。メルツェル、一気に飲み干し。

メルツェル　いやあ、うまい。すごかったなあ、観客の大喝采。今度の戦争交響曲は大傑作だよ。

（自分でもう一杯注ぎ）大成功の『ウェリントンの勝利』に。

　と、グラスを掲げる。

が、ベートーヴェンは渋い顔。マリアは無表情。マリア、メルツェルの会話を殆ど同じ速度で筆記し、ベートーヴェンに見せる。

メルツェル　なんだなんだ、ノリが悪いなあ。
ベートーヴェン　馬鹿だ馬鹿だとは思っていたが、ほんとに君は愚かだな。
メルツェル　愚か？　俺が？
ベートーヴェン　あの演奏会のどこが成功だ。
メルツェル　『ウェリントンの勝利』は、あれだけの大喝采だったろう。あれが成功じゃなくてなんだ。
ベートーヴェン　だけど次に演奏した『交響曲第七番』は、みんな退屈しきってた。
メルツェル　だからアンコールでまた『ウェリントンの勝利』を演奏したんじゃないか。みんな、ナポレオン軍が叩きのめされるさまを思い描いて拍手喝采だっただろう。
ベートーヴェン　そうだ。奴らは私の音楽を聴きに来たんじゃない。戦争の追体験に来たんだ。戦場で血を流すこともなく、ウィーン大学講堂の椅子に座るだけで勝利の余韻にひたる。まったく虫のいい連中だよ。
マリア　戦場に行かず椅子に座るだけで、それだけの思いにひたることが出来る。それもあなたの音楽の力なんじゃないの。
メルツェル　そうだ、そうだよ。さすが、マリアだ。俺もそれが言いたかったんだ。そういうことだよ、ルートヴィヒ。
マリア　……。
ベートーヴェン　それで、今日の収支はどうなったの。
メルツェル　ああ、そうだ。計算してきた。君への報酬はこうなる。

と、メモを見せる。

ベートーヴェン　（メモを見て顔色が変わる）たったこれだけ。
メルツェル　ああ。
マリア　おかしいわね。聴衆は満員だった。なのになんで。
メルツェル　いや、経費がかかったんだ。思った以上にね。
ベートーヴェン　だめだ、これじゃあ全然足りない。
メルツェル　え。
ベートーヴェン　いや。……とにかく、私は金が必要なんだ。だからお前の言う通り『ウェリントンの勝利』なんて、くだらない曲を書いた。あれだけ客が入って、これっぽちの金だと。ふざけるな！
メルツェル　これっぽっち？　今度の演奏会を開くのに俺がどれだけの苦労をしたと思ってるんだ。これっぽっちの金すら、俺がいなければ手に入らなかった！

ベートーヴェン　君が何をした！
メルツェル　ウェリントン侯の勝利を曲にしろと言ったのは私だ。別に君じゃなくてもよかったんだ！
ベートーヴェン　なんだと。（筆記を見せているマリアに）メモはいい。この馬鹿の言うことはよく聞こえる。ああ、そうだ、馬鹿の言葉に限ってこの馬鹿な耳はよく伝えるんだ。この私じゃなくていいだと。他の誰が書こうが、人々はあんなに熱狂しなかった。そうだろうが、この馬鹿！
メルツェル　馬鹿馬鹿言うな。
ベートーヴェン　言われたくなかったらもっと金をよこせ！　もしくはその馬鹿面を消せ！　私の前から消え失せろ！
メルツェル　マリア、俺は帰る！
マリア　どうぞ。
メルツェル　少しは仲裁しないのかよ。
マリア　こうなったルイスを誰が止められます。集金には明日10時に伺いますから。
メルツェル　これっぽっちだけどな。
マリア　これっぽっちだから、すぐにいただけるでしょうね。
メルツェル　お前ら、二人とも。あああ、（と、何か文句を言ってやろうとするが、言葉が出ない）さよなら！

そういうと部屋を出るメルツェル。
ためいきをつくマリア。
いらいらしているベートーヴェン。
会話帳に書きながら会話するマリア。

マリア　そんなにお金が必要だったんですか。
ベートーヴェン　ああ。
マリア　なんのために。
ベートーヴェン　……。
マリア　なんのために？
ベートーヴェン　……ヨゼフィーネが、苦しんでる。
マリア　はい？

驚きのあまり書かずに聞くマリア。改めて、会話帳に書いて見せる。

マリア　ヨゼフィーネってあのヨゼフィーネ？
ベートーヴェン　ああ。

マリア　結婚しようって言ってふられて、結婚するわって言ってふられて、二回もふられた、あのヨゼフィーネ?

ベートーヴェン　そんなのいちいち書かなくていい。ああ、そうだ。あのヨゼフィーネだ。

筆記の会話をやめるマリア。

マリア　まだ、会ってたの……。

ベートーヴェン　手紙が来た。半年ほど前だ。ちょうど君が出かけている時だった。

と、机の引き出しから手紙を出す。それを読むマリア。

ベートーヴェン　3年ほど前に、彼女の希望通りシュタッケルベルクとかいう男爵と再婚したらしい。だが、この貧乏貴族に生活能力はなかったようだ。夫婦仲はよくなく、去年の後半、行方不明になっている。どうにも困った彼女は私に手紙をくれた。

マリア　(手紙を読み終え) それで彼女にお金を……。

ベートーヴェン　馬鹿な女だ。あれだけ貴族にこだわって、結局、貧しい暮らしになってしまった。四人も子供を抱えてどうするつもりだ。だが、それでも、私は彼女を助けなければならない。

マリア　え？
ベートーヴェン　これまでも少しずつは援助していたが焼け石に水だった。この演奏会でまとまった金が入る。それで彼女の借金を返してやれる。そう思っていたのに、メルツェルの馬鹿が！
マリア　でも、今更、なぜ。
ベートーヴェン　彼女が助けを求めてきたんだ。断れるわけがない！
マリア　だからなぜ。
ベートーヴェン　私がルートヴィヒ・ヴァン・ベートーヴェンだからだ！
マリア　……。
ベートーヴェン　なあ、マリア、どうしたらいい。
マリア　……。
ベートーヴェン　私は出来るだけ早く、金を作らなきゃならないんだ。

マリア、再び会話帳に会話を書く。

マリア　演奏会をやりましょう。『ウェリントンの勝利』の。
ベートーヴェン　『ウェリントン』。あのくだらない曲をか。
マリア　でも、観客は一番喜んだ。今までにないほどに。お金がいるんでしょう。

ベートーヴェン　……いいのか。ヨゼフィーネのための金だぞ。

マリア　でも、ベートーヴェンが必要としている。そして私はそのベートーヴェンの代理人です。あなたの願いなら、かなえるのに力を尽くすのが私の仕事です。

ベートーヴェン　……お前にまかせる。

部屋にあったピアノの鍵盤を叩くベートーヴェン。

ベートーヴェン　ピアノはいいな。弾けば必ず音がする。ピアノだけじゃない。バイオリン、ホルン。弦楽器も管楽器も、ちゃんと手入れすれば、ちゃんと鳴る。ちゃんとつきあえば、ちゃんと応えてくれる。

マリア　……。

ベートーヴェン　……人間は難しいな。

マリア、ワイングラスを持つ。

マリア　飲みましょう。

ベートーヴェンもワイングラスを持つ。

ベートーヴェン　乾杯するか、くだらない戦争交響曲に。
マリア　いいえ。金の卵を産むガチョウに。
ベートーヴェン　なるほど。

二人、グラスを掲げる。

×　×　×　×

数ヶ月後。
ヨゼフィーネの家の近く。
マリアとヨゼフィーネが会っている。
ヨゼフィーネ、困窮のためか、服も貧しく、顔もやつれている。それでも態度だけは、以前のように優雅に振る舞おうとしている。

ヨゼフィーネ　彼は。
マリア　彼はきません。仕事が忙しくて。でも急ぐお金だからと、私がことづかりました。
ヨゼフィーネ　嘘ね。
マリア　……。
ヨゼフィーネ　彼が私に会いたくないはずがない。だから私は機会をつくってあげたの。本当のことを言えば、お金なんかどうでもいいのよ。

だが、彼女は明らかに落胆している。

マリア、金貨のつまった袋を出す。

マリア　お約束のものです。

ヨゼフィーネ、袋を受け取る。その重さにちょっとホッとする。その態度が表に出たことを恥じるように、言葉を続ける。

ヨゼフィーネ　そうよ。私は彼をなんとも思っていないけど、彼の愛には応えなきゃね。男を利用して軽蔑する？　別にいいのよ。私は四人の子供を育てなきゃならない。あなたにはわからない。

マリア　本当に苦しいのなら、その子達の父親になってもいい。彼はそう言ってました。

ヨゼフィーネ　……それは無理。

マリア　私にはわかりません。あれだけ自分勝手な人が、なぜか愛した女性には徹底的に献身的になる。

ヨゼフィーネ　それも好きでやってるんじゃない。とても苦しそうに……。

マリア　……わかってたんですか。

微笑むヨゼフィーネ。

ヨゼフィーネ　……これ以上、彼に連絡することはない。今までありがとう。そう伝えて。

それだけ言うと立ち去るヨゼフィーネ。
辛そうな顔で見送るマリア。

――暗　転――

【第十二景】

1815年初春、ウィーンの町に溢れる人々。
その中を歩くベートーヴェン。
人々がベートーヴェンに気がつく。

男1　ベートーヴェンだ。
男2　この間の演奏会、素晴らしかったですよ。
女1　『ウェリントンの勝利』最高。
女2　私にも曲を書いて。

などと彼を取り囲み、口々に喋る。
と、通りかかった男が、彼を人混みから救い出す。ラヴィックだ。

ラヴィック　ベートーヴェンさん、こっちこっち。

ようやく人混みから抜ける二人。

ラヴィック　いやはや、今のウィーンの騒ぎは度を超してますな。

ベートーヴェン　ロシア、プロイセン、イギリス。今、この町にヨーロッパの王族達が勢揃いしているからな。

ラヴィック　ナポレオンをエルバ島に追放し、彼の領土をどれだけ自分の国のものに出来るか、綱引きの真っ最中だ。

ベートーヴェン　会議は踊る、されど進まず。夜な夜なパーティを開く各国の貴族目当てに、ヨーロッパ中の娼婦達もこの町に来てる。おかげで舞踏会用の曲の発注も来てこっちとしちゃあ、ありがたい。

ラヴィック　しかしこの騒ぎ、耐えられませんな。

ベートーヴェン　こうなるとこの耳が聞こえないことも幸運に思えるよ。全ての雑音を遮断して、私の中の音楽に没頭出来る。むしろ、神は私に完全な音楽を追求出来るように、この耳を聞こえなくしてくれた。そう思えるほど。

ラヴィック　でも、いいんですか。このままじゃ、元の体制に逆戻りですよ。フランス市民革命からナポレオン戦争を経て、結局また王家の支配に戻る。個人の自由も、芸術の自立も、夢幻《ゆめまぼろし》だ。

ベートーヴェン　そんなことは……。

ラヴィックの口調が徐々に重く冷たくなっていく。父、ヨハンの口調になっていく。

ラヴィック　ないと言い切れるのか。

その口調を不審に思うベートーヴェン。

ベートーヴェン　お前、あの医者か？
ラヴィック　いつ、そう名乗った。

笑うラヴィック。いや、その姿はヨハンに見える。

ベートーヴェン　まさか、とうさん!?
ヨハン　お前はこの町では何も摑めない。いや、どこにいこうとも。
ベートーヴェン　そんなことはない！　僕は僕の音楽に近づいている。確実に。あんたとは違う。絶対に‼

低く笑うと闇の中に消え去るヨハンの幻影。

ベートーヴェン　待て！

闇がベートーヴェンを包む。

と、マリアの声が響く。

マリア　ルートヴィヒ！　聞こえる、ルートヴィヒ‼

マリアが、彼を揺さぶる。

気がつくベートーヴェン。

そこは、彼の部屋。

ベートーヴェン　マリア。

マリア　どうしたの、ボーッとして。人混みで疲れた？

ヨハンの幻影は、ベートーヴェンの疲れが見せた幻か。ベートーヴェン、振り払うように軽く頭をふる。

ベートーヴェン　まったくひどい騒ぎだ。

マリア　でも、そのおかげで町はにぎわってる。貴族も戻ってきたし、フランス軍に占領されてる時とは大違い。おかげで仕事も山積みよ。

話しながら補聴器をつけるベートーヴェン。

ベートーヴェン　会話帳はいいぞ。今日は耳の調子がいい。これでなんとか聞こえる。

マリア　（うなずく）『ウェリントンの勝利』を作曲したおかげで、反ナポレオン派からも好感をもたれてる。オペラ『フィデリオ』の再演要請に、こっちは出版社からの譜面出版の依頼書。

と、手紙の山を見せる。手紙をいくつか見るベートーヴェン。

ベートーヴェン　大忙しだな。ウィーンが、オーストリアが、ようやく私の力を認めたってわけだ。

マリア　その通り。

と、その時、ドンドンとドアを激しく叩く音。

マリアが開けると、血塗れの男が転がり込んでくる。

マリア　きゃあ！

ベートーヴェン　落ち着け。ヴィクトルだ。

マリア　ヴィクトル？

ヴィクトル　（痛みに耐えながら）こんばんは、お嬢さん。

ベートーヴェン　マリア、傷の手当てだ。

マリア　ええ。

マリア、タオルを取りに別室へ。
傷の痛みをこらえながら喋るヴィクトル。

ヴィクトル　夜分に申し訳ない。少し休んだら出ていくから。

戻ってくるマリア。濡れたタオルで傷口を拭いてやる。

ベートーヴェン　気付け薬だ。

ヴィクトルに酒をのませるベートーヴェン。
飲むと少し落ち着くヴィクトル、外の様子を伺う。

ヴィクトル　あまり大きな声を出さないでくれるか。
マリア　誰かに追われてるの？
ヴィクトル　ああ、ちょっとへまをした。
ベートーヴェン　警察か。
マリア　また何か詐欺を。
ヴィクトル　ベートーヴェンさん、メルツェルが私のことを何と言ったかは知っている。だが、私は詐欺師じゃない。借りた３００グルデンも必ずお返しする。
ベートーヴェン　ああ、信じているよ。
ヴィクトル　それよりもメルツェルだ。彼を信用するな。
マリア　なぜ？
ヴィクトル　メルツェルが、ミュンヘンで『ウェリントンの勝利』の演奏会をしたのを知っているか。
ベートーヴェン　ミュンヘンで？（マリアに）聞いているのか。
マリア　いいえ、全然。
ヴィクトル　やはり無断で。だとしたら、泥棒は奴の方だ。

マリア　すぐに調べる。

ヴィクトル　いや、いい。あんなくだらない曲はメルツェルにくれてやればいい。

ベートーヴェン　なに。

ヴィクトル　ベートーヴェンが書くべきはあんな曲じゃない。あんな企画物はすぐに忘れさられる。ナポレオンと同じだ。私も甘かった。

ベートーヴェン　その通りだな。交響曲三番を奴に献呈しなくてよかったよ。

ヴィクトル　ナポレオンのテーマソングなど必要なかった。あなたはあなた自身の音楽をあなた自身の手で広めている。だからこそ、『ウェリントンの勝利』みたいな曲を書いちゃいけない。そんな小さな成功で停滞しちゃだめだ。

ベートーヴェン　停滞だと？　随分と甘く見られたものだな。そんな真似をこの私がすると思うか。時代が逆流しようとも、私はそうはならない。このヨーロッパのような無様な姿はさらすものか。

ヴィクトル　ヨーロッパ？

ベートーヴェン　ウィーン会議を見ろ。新世紀から15年。ナポレオンという新しい形の英雄が時代を切り開くかと思ったら、結局、旧態依然とした王侯貴族達の支配に逆戻りだ。だったら、この15年はなんだったんだ。私の音楽は進む。貴族達の趣味嗜好におもねるような曲は書かない。やつらの御用音楽家などには決してなるものか。

ヴィクトル　……その言葉が聞きたかった。

ベートーヴェン、机に置いてあった五線譜を摑む。

ベートーヴェン　政治は変わる。変わらないのは唯一芸術だけだ。そう、この五線譜。時を超え神と対話するのは唯一、この五線譜だ。私の頭の中の音楽を記す最高の武器だ。

ヴィクトル　よかった。ここに来た甲斐があった。必ず、あなたの音楽を世界中に広める。約束します。

ベートーヴェン　ああ。

うなずくベートーヴェン。

と、いきなりドアを激しく叩く音。

鍵がかかってなかったので、勢いよくドアを開けて入ってきたのはフリッツだ。

フリッツ　いたな、ヴィクトル。

マリア　フリッツ！

ベートーヴェン　なんだ、勝手に。警官に用はない。出ていけ。

が、ベートーヴェンの言葉は無視して、ヴィクトルの腕を摑むフリッツ。痛みに顔が歪むヴィクトル。

マリア　よして、フリッツ。怪我人よ。

フリッツ　邪魔するとお前も逮捕するぞ。

冷酷な態度のフリッツ。

マリア　え。

ベートーヴェン　出て行けと言ってるのが聞こえないのか。

フリッツ　聞こえない人間が「聞こえないのか」か。面白いなあ、ルイス。いや、ベートーヴェン大先生か。だが、俺にはここに入る権利がある。その男はナポレオン派のスパイだ。

ベートーヴェン　なに。

フリッツ　秘密警察は、国家騒乱を狙う人間はいつでもどこでも逮捕出来る権利があるんだよ。

マリア　秘密警察。いつの間に、あなた。

フリッツ　この町には今各国から要人が集まってるからな。厳戒態勢になったおかげで大出世だ。ウィーン会議様々だよ。

ヴィクトルを殴るフリッツ。

フリッツ　ヴィクトル。お前が娼婦を使って、会議の様子を貴族から聞き出してたのはわかってるんだ。ナポレオン一派とつるんでることもな！

またヴィクトルを殴るフリッツ。

フリッツ　詐欺師風情が、調子に乗ってスパイ活動なんかするから、こういうことになるんだよ。

マリア　やめて、フリッツ。

ベートーヴェン　国家の犬か、いいざまだな。

フリッツ　おいおい、うかつな事を言うと大先生も逮捕だぞ。

マリア　何の罪で。

フリッツ　警官侮辱罪。

マリア　そんな法律……。

フリッツ　できたんだよ、この間。

ベートーヴェン　ふざけるな。

ヴィクトルがベートーヴェンをとめる。

ヴィクトル　もういい。わかった。逃げはしない。

マリア　ヴィクトル。

ヴィクトル　これ以上、あなた方に迷惑はかけられない。

マリア　この人、どうなるの。

フリッツ　さてね。死刑かな。さあ来い。

ヴィクトルを連れて行こうとするフリッツ。
と、ベートーヴェンがフリッツに襲いかかる。

ベートーヴェン　逃げろ、ヴィクトル！

フリッツ　貴様！

驚くヴィクトルとマリア。

ヴィクトル　でも。

ベートーヴェン　お前には私を有名にする仕事があるんだろう。その約束をまっとうしろ！　行け！

と、フリッツを組み敷いて動けなくするベートーヴェン。
マリア、ヴィクトルに金袋を渡す。

マリア　これを。
ヴィクトル　すまない。

と、逃げ出すヴィクトル。

フリッツ　待て！

と、追おうとするがベートーヴェンが必死で組み付いて、フリッツを放さない。

フリッツ　どけ！

ベートーヴェン、必死でしがみついている。
フリッツ、ヴィクトルを追うのをあきらめる。

フリッツ　なんで邪魔するんだよ！

と、ベートーヴェンを殴るフリッツ。

マリア　やめて。（と、二人の間に入り）お願い、もうやめて。

気持ちを静めるフリッツ。

フリッツ　大変なことをしたな、ルイス。

ベートーヴェン　……。

フリッツ　いくらお前でも見逃すことはできないぞ。秘密警察の邪魔をしたんだからな。

マリア　……フリッツ。

フリッツ　ルートヴィヒ・ヴァン・ベートーヴェン。お前を逮捕する。

マリア　フリッツ！

フリッツ　呼びすてにするな、フリッツさんだろうが！　ガタガタ言うとお前も逮捕だぞ。

ベートーヴェン　よせ、マリア。これ以上この男に逆らうな。

フリッツ　聞き分けがいいな。さあ、こい。

ベートーヴェンを連行しようとするフリッツ。

マリア　やめて！　いいの、ルイス。二度と曲が作れなくなるかもしれないのよ‼

その言葉に衝撃を受けるベートーヴェン。と、何か思いついたようにマリアに言う。

ベートーヴェン　そうだ、マリア。お詫びの手紙を書いておいてくれ。

マリア　手紙？

ベートーヴェン　ああ、そうだ。メッテルニヒ外務大臣に。

フリッツ　え。

ベートーヴェン　秘密警察に逮捕されたので、ご依頼の曲はかけない。大臣直々のご依頼にもかかわらず大変申し訳ないと。

マリア　あ、はい。

フリッツ　おい、ちょっと待て。どういうことだ。

ベートーヴェン　メッテルニヒ大臣が各国のお偉いさん達を呼んで行う舞踏会、そこに是非私の曲が欲しいと依頼があった。大臣直々に大至急とね。

フリッツ　……。

ベートーヴェン　だが、君が私を逮捕するとなるとその仕事ができなくなるからね。お詫びのお手紙を書かなきゃまずいだろ。

フリッツ　なに。

ベートーヴェン　嘘だと思うんなら、これを見ろ。

ベートーヴェン、机の上の手紙の束から一通を引きずり出すと、それをフリッツに見せる。

ベートーヴェン　あ、そうか、秘密警察ってメッテルニヒ大臣の直属だったな。手紙じゃなくて君が直接謝ってくれればいいのか。

手紙を読むフリッツ。その顔色が変わる。

ベートーヴェン　いや、でもそれはまずいか。メッテルニヒ大臣は私の曲をとても楽しみにされていた。その楽しみの邪魔をして、君の立場がまずくならなければいいが。

ベートーヴェンを放すフリッツ。

フリッツ　わかった。逮捕はなしだ。

マリア　え。
フリッツ　何をぼやぼやしてる。はやくピアノに向かえ。メッテルニヒ大臣がお待ちかねだ。
ベートーヴェン　そうさせてもらう。

と、フリッツ、ゆっくりと語り出す。

フリッツ　覚えてるか、ルイス。お前が初めてオペラを上演した日。フランス兵が騒いで演奏会をぶち壊した。
ベートーヴェン　ああ。
フリッツ　あの夜、お前は酒場で意趣返しした。たまんなかったよ。たった一枚の楽譜で、あれだけのフランス兵に打ち勝ちやがった。俺はあの時思ったよ。どんな権力だろうがお前の音楽にはかなわねえ。そう、こうやって政府の威光をかさに着て威張りまくっているクズみたいな男は、お前の足下にも及ばない。お前の音楽に、みんな屈服させられた。でもな、そのお前が、今、自分の命惜しさにメッテルニヒ大臣の名前を利用した。
ベートーヴェン　……。（愕然とする）
フリッツ　嬉しいよ、ルイス。お前も俺と同じだってわかったからな。
マリア　え。

皮肉に笑うと、部屋を出て行くフリッツ。
マリア、ドアに向かい鍵をかけると、ベートーヴェンに駆け寄る。

マリア　大丈夫？

ベートーヴェン　……。

マリア　一時はどうなるかと思った。でも、メッテルニヒの手紙なんてよく思い出したわね。さすがね。

ベートーヴェン　触るな。

マリア　ルートヴィヒ。

ベートーヴェン　私は最低だ。

マリア　え。

ベートーヴェン　勝ったのはフリッツだ。奴は権力の犬だ。偉い奴には迷うことなく尻尾を振る。でも、私も同じだ。奴に勝つためにメッテルニヒの権威にすがった。結局命が惜しかったら権力に媚びるしかない。あいつの言う通りだ。いや、それをいつも公言しているだけ、あいつのほうがましかもしれない！

マリア　そんなことない。

ベートーヴェン　なにが政治は変わるが芸術は永遠だ！　結局、貴族頼りだ！　権力に勝つには、

マリア　もっと強い権力を借りるしかない無力な男じゃないか！

ベートーヴェン　でも、それもあなたの力よ。あなたの音楽の力じゃない。……ああ、そうか、そうだな。私には音楽しかない。

補聴器をはずすベートーヴェン。

ベートーヴェン　この頭の中にある音楽。これを突き詰める。そうだ。私は私の音楽で前に進むしかない。

そう自分に言い聞かせるベートーヴェン。
その態度にどこか不安になるマリア。
と、もう一度、ドアがノックされる。
ドキッとするマリア。

マリア　誰？

ドアの外からニコラウスの声がする。

ニコラウス（声）　僕だ、ニコラウスだ。

マリア、ドアを開ける。

血相変えたニコラウスが入って来る。

ベートーヴェン　二度と来るなといったはずだ。

ニコラウス　そんな事言ってる場合じゃない。カスパールにいさんが危篤だ。

驚くマリア。急いで筆記すると、ベートーヴェンに会話帳を見せる。

それを見て、驚くベートーヴェン。

ベートーヴェン　……運命は三度ノックする、か……。

呆然とするベートーヴェン。

と、ピアノソナタ『悲愴』が流れ始める。

いつの間にか、暗闇の中、ベートーヴェン一人になっている。

と、父親であるヨハンが幼い子供である自分を殴っているのが見える。

過去の記憶が蘇ったのか。

ヨハン、折檻が終わると立ち去る。泣きじゃくる幼い子供のベートーヴェン。
ベートーヴェン、その子のそばに寄っていくと、そっと手を伸ばす。その手に気づく
子供のベートーヴェン。ベートーヴェン、その子の手を摑み、引き寄せ、抱きしめる。
シャツ姿だった子供のベートーヴェンに、上着を着せてやるベートーヴェン。
そのまま、そこはナネッテのピアノ工房になっていき、第十三景につながっていく。

【第十三景】

立っているベートーヴェン。
１８１６年１月。ナネッテのピアノ工房。
作業しているナネッテとアンドレアス。
後ろにマリアもいる。

ナネッテ　ルートヴィヒ。
アンドレアス　久しぶりだね。
マリアも二人に会釈する。
ベートーヴェン　甥のカールだ。
と、そばにいた子供を紹介する。それは前景ラストにいた子供時代のベートーヴェンと同じ役者だが、甥のカールになっている。

ナネッテ　ああ、カスパールの息子さん。
ベートーヴェン　私の甥だ。カール、挨拶しなさい。
カール　こんにちは。
アンドレアス　こんにちは。
ナネッテ　おとうさん似かな。
ベートーヴェン　ベートーヴェン家の血を継いでいる唯一の男だ。この子のピアノを選びたい。
カール　でも……。
ベートーヴェン　迷うことはない。ここのピアノはどれもいい。自分にあったものを選べ。私が初めて来た頃は殆どがゴミだったが、精進したな、アンドレアス。
アンドレアス　（ナネッテに）ほめてるんだよな。
ナネッテ　多分。
ベートーヴェン　（カールに）さあ、弾いてみろ。

戸惑っているカール。

と、そこに現れるヨハンナとニコラウス。

ヨハンナ　カール。こんなところに。
カール　かあさん。

と、行こうとするカールを止めるベートーヴェン。

ベートーヴェン　何しに来た。
ニコラウス　何しに来たじゃないよ。カールがいなくなったってヨハンナから相談を受けて随分探し回ったんだ。

言いながら会話帳に書くニコラウス。

ヨハンナ　勝手に連れ出すなんてひどい。
ベートーヴェン　私はカールの後見人だ。カスパールがなくなった今、この子にまっとうな教育を受けさせる義務が私にはある。
ヨハンナ　カールは音楽家なんか望んじゃいないわ。

ニコラウスがヨハンナの言葉も書く。

ベートーヴェン　それは貴様が邪魔をしているからだ。カールは私が育てる。
ヨハンナ　後見人は私、あなたは副後見人でしょ。勝手はさせない。カールを返して。
ベートーヴェン　そうはいかない。マリア。
マリア　はい。

と、ヨハンナに書類を見せる。

ベートーヴェン　訴訟の結果だ。私の単独後見人が認められた。お前の後見人の資格は剝奪された
ヨハンナ　そんな。（書類を見て愕然とする）
ベートーヴェン　ウィーンの役人も見るべき所はちゃんと見ているようだな。さあ、おとなしく引き上げろ。カール、これからは私と一緒に暮らすのだ。
カール　え……。（ヨハンナを見る）
ナネッテ　少し残酷なんじゃない。
ベートーヴェン　カールは私の、ベートーヴェン家の血を引く唯一の男だ。私の音楽の全てをこの子に伝えなければならないんだ。私の頭の中の音楽を全て、な。誰にも邪魔はさせない。

その決意にたじろぐナネッテ。

ベートーヴェン　（カールに）大丈夫、お前ならきっと出来る。さあ、奥にもピアノはあるぞ。

奥にカールを連れて行こうとするベートーヴェン。

ヨハンナ　カール！

その声は聞こえないベートーヴェン。ニコラウスがベートーヴェンの腕を摑み、会話帳を見せる。

ニコラウス　子供には親が必要だよ、にいさん。
ベートーヴェン　本当にそう思うのか、あの父親に育てられたお前が。
ニコラウス　え……。
ベートーヴェン　私達が人間らしい暮らしができるようになったのは、生まれ故郷と父親から解き放たれて、このウィーンに来てからだ。そうじゃないのか。
ニコラウス　……。
ベートーヴェン　どいてくれ。来い、カール。

強引にカールを連れて奥に入るベートーヴェン。呆然とするヨハンナ。
マリアから書類を受け取り見ているアンドレアス。

アンドレアス　……彼のやり方が全て正しいとは思わないが、この書類がある以上、ルートヴィヒがカールの保護者になるのはやむを得ないでしょう。へたに騒ぐとあなたが逮捕されることになりますよ。

ヨハンナ　だったら私も提訴する。（マリアに）覚えてらっしゃい。

駆け去るヨハンナ。

ニコラウス　待て、落ち着け、ヨハンナ。

あとを追うニコラウス。
彼らを黙って見送るマリア。

アンドレアス　マリアも久しぶりだな。ちょっと待っててくれ。お茶でも入れてこよう。

ナネッテと二人になるマリア。

ナネッテ　どうなの。
マリア　なにが。
ナネッテ　とても穏やかに過ごしているようにはみえないけど。
マリア　相手はルートヴィヒ・ヴァン・ベートーヴェンよ。穏やかなんて言葉と一番縁遠いのは知ってるでしょう。
ナネッテ　まあね。……大丈夫？
マリア　ええ。嵐に巻き込まれるくらいなら、自分から嵐に飛び込む気でいるわ。
ナネッテ　共倒れにだけはならないでね。
マリア　……わかった。

うなずくマリア。

――暗　転――

【第十四景】

それから数ヶ月後。
ベートーヴェンの家。カールを探しているベートーヴェン。

ベートーヴェン　カール、どこに行った。カール！
部屋の隅に隠れているカールを見つけて引っ張ってくるベートーヴェン。

ベートーヴェン　ほら、ピアノの練習だ。はやくしろ。
と、マリアが現れる。

マリア　何を騒いでるんですか。

ベートーヴェン　心配ない。カールのピアノの練習だ。

マリア　また、ですか。
ベートーヴェン　なんだ、その不服そうな顔は。
マリア　いいえ。

カールをピアノの前に座らせるベートーヴェン。

ベートーヴェン　お前には天分がある。ただ、今は他に興味が向いているだけだ。お前が本気で音楽に向かいさえすれば、すぐにその天分は花開く。さあ、弾け。
マリア　ルートヴィヒ。
ベートーヴェン　何を言っても無駄だぞ。私にはお前の言葉は聞こえないのだからな。ああ、実際、静かなものだ。この静寂は、今では神が与えてくれたものだと思えるよ。この静寂の中でこそ、私の音楽は突き詰められる。私の頭の中にある完璧な音楽。それに向かって集中出来る。
マリア　じゃ、カールの練習よりもあなた自身の作曲を。
ベートーヴェン　私の仕事をやれ。そう言ったんだろう。お前の顔を見ればわかる。だから私は、私の仕事をやってるんだ。
マリア　え。
ベートーヴェン　私の音楽はカールに受け継がれる。私の才能が、この神童の形となって現れたのだ。

この子を育てることこそが、私の音楽を育てることだ。

と、カール、いきなり叫ぶ。

カール　そんな才能なんてない！　僕はおじさんとは違う！　お願いだからかあさんに会わせて！

ベートーヴェン　あの女のことは言うな！（カールを殴る）お前の親は私だ！　何度言ったらわかる‼

と、マリアが止める。

マリア　やめて。やりすぎよ、ルートヴィヒ。

ベートーヴェン　お前は口を出すな。これは親子の問題だ！

マリア　でも。

ベートーヴェン　文句は言わせん。気に入らないなら出ていけ！

マリア　え。

ベートーヴェン　ああ、そうだ。私の気持ちがわからない奴に代理人はまかせられない。契約終了だ。出ていけ！

と、マリア、会話帳に勢いよく書きながら言葉を発する。

マリア　でも、カールを育てるようになってから、あなたは何を作ったの。肝心の作曲もしないで、ただカールカールカール。あなたの仕事は作曲家じゃなかったんですか。

ベートーヴェン　なに。

マリア　私には逃げているように思えます。ヴィクトルの一件以来、あなたはどこかやけになっている。その鬱屈をこの子にぶつけてるだけじゃないんですか。

ベートーヴェン　……。

その会話帳を読むベートーヴェン。
憤然とした顔で、机の引き出しから楽譜を取りだし、マリアに見せる。

マリア　なにこれ……。新しい曲？（思わず夢中になって楽譜を読む）……え、交響曲の最後で合唱を……。このメロディは、酒場でフランス兵達と歌った……。

ベートーヴェン　九番目の交響曲だ。まだ、思いつき程度だがな。

マリア　これ、すごい……。

ベートーヴェン　だが、まだまだだ、完成には当分かかる。わかったら余計な口をはさむな。私はこれとカールで手一杯なんだ。お前はこれまでの曲を出版社に売り込み、パトロンをみつけてこい。この子の教育には金が要る。

去るベートーヴェン。

マリア　……またやられた。

カールはマリアに声をかける。

カール　マリア、出ていかないよね。僕、おじさんと二人はいやだ。

マリア　大丈夫よ。どこにもいかない。こんなもの見せられちゃね。やっぱりあなたのおじさんは天才よ。音楽にかけては。

楽譜を握りしめているマリア。ベートーヴェンの才能に圧倒されている。

と、マリアの耳に大歓声が響く。

大勢の聴衆が現れ、一斉に拍手する。

その人混みに呑み込まれ姿が見えなくなるマリアとカール。

「ブラボー」のかけ声があちこちからかかる。

大喝采だ。

その喝采を受けるベートーヴェン。

時間は、１８２４年、５月７日。場所はケルントナートーア劇場。『交響曲第九番』の初演が終わったあとに飛んでいる。

舞台袖。入ってきたベートーヴェンをナネッテとアンドレアス、マリアが出迎える。

ナネッテ　すごい、本当にすごい。『交響曲第九番』。あなたにふさわしい傑作だわ。
ベートーヴェン　屈服したか、私の音楽に。
ナネッテ　ええ、降参よ。最後の『歓喜の歌』、あれ、フランス兵と酒場で歌っていたメロディね。あれをあんな風に使うなんて、まいったわ。
アンドレアス　マリア。おめでとう。演奏会も大成功だね。
マリア　最初に第九の譜面を見てから8年。やっと完成しました。
ナネッテ　この怪物をよく支えたわ。おめでとう。
　ナネッテ、マリアを抱きしめる。
　マリア、会話帳に書きながらベートーヴェンと会話する。
マリア　すごかったわね、観客の大喝采。まるで劇場が割れるようだった。みんな興奮してた。

ベートーヴェン　観客などどうでもいい。

マリア　え。

ベートーヴェン　この頭の中の音楽がすべてだ。（頭をさし）ここにある音楽が再現されていればそれでいい。マリア、お前が気をつけなければいけないのはそこだけだ。しっかり楽譜の通りに演奏されているか。その確認がお前の仕事だ。

マリア　聴いている人はどうでもいいの？

ベートーヴェン　ああ、そうだ。私は進まなければならないのだ。

と、そこにメルツェルが拍手しながら現れる。

メルツェル　ブラボー、ルートヴィヒ。ブラボー。素晴らしい演奏だったよ。

マリア　メルツェル。

メルツェル　その顔。まだ、怒ってるのか。『ウェリントンの勝利』。

マリア　当たり前でしょ。

ベートーヴェン　何しに来た、メルツェル。

メルツェル　何しに来たと言われるとね。長年の友の成功を祝いに来たといった所かな。

マリア　長年の友？　あなたにそんなこと言われたくない。

メルツェル　俺じゃないよ。

と、金貨の入った袋を出すメルツェル。

メルツェル　ヴィクトルからことづかった。
マリア　ヴィクトル？
ベートーヴェン　ヴィクトルだと？　会ったのか、ヴィクトルに。
メルツェル　ああ、ずっと探して、やっと見つけた。悔しいねえ、あの野郎、俺の借金は踏み倒したくせに、どうしてもこの３００グルデンは、お前に返して欲しいんだとさ。
ベートーヴェン　（金袋を手にして）３００グルデン……。
マリア　彼のこと、ずっと追いかけてたの。
メルツェル　俺はしつこい男なんだよ。だけど、最後の頼みとあっちゃあな。
ベートーヴェン　なに。
マリア　最後って……。
メルツェル　ようやく尻尾を掴めたと思ったら、このざまだ。まんまと逃げられちまった。手の届かない所にな。
ベートーヴェン　……そうか、ヴィクトルが。
メルツェル　確かに渡したぞ。（一旦去ろうとするが、立ち止まり）……『交響曲第九番』、傑作だよ。

『ウェリントンの勝利』なんか足下にも及ばない。

そういうと立ち去るメルツェル。彼の後ろ姿を見つめているベートーヴェン。そのあと金袋に視線を落とす。

マリア　……ルートヴィヒ。

ベートーヴェン、過去を吹っ切るように金袋をポケットにしまうと、カールを探す。

ベートーヴェン　カール、どこに行った、カール。

と、カールが現れる。まだ、幼いままの姿だ。
が、所作や言葉遣いはどこかおとなびている。

カール　おじさん。

ベートーヴェン　おお。来い、カール。

嬉しそうにカールを呼ぶベートーヴェン。彼を抱き上げるベートーヴェン。彼だけがカールを子供扱いしている。周りの人間は一瞬怪訝そうな顔。

ベートーヴェン　聞いたかカール、この私の傑作を。

カール　おじさん、みっともない。放してよ。

ベートーヴェン　どうした、恥ずかしがることはない。

カール　やめてってば。子供扱いしないで。

無理矢理離れるカール。

ベートーヴェン　お前はまだ子供だ。だから努力を忘れてはいかん。この頭の中の音楽、これをすべてお前にゆずるのだからな。

カール　僕は、いやだ。

ベートーヴェン　おいおい、何を言っている。

カール　僕は音楽家は嫌だ。軍隊に入りたい。

ベートーヴェン　やっぱり子供だな。幼い時は一度は兵隊に憧れるものだ。だが、それは許さん。お前の指は引き金をひくためにあるんじゃない。ピアノを弾くためだ。

マリア　ルートヴィヒ、カールの言うことも聞いてあげて。

ベートーヴェン　お前は黙ってろ。

カール　もういい！

走って逃げるカール。

ベートーヴェン　カール、なぜ私のいうことがきけん！　待て、カール‼

追いかけていくベートーヴェン。

祝福に集まった一同はしらけた表情。

当惑するマリア。

ナネッテ　……マリア。

マリア　……あれだけ自分勝手な人なのに、なぜか愛した人には徹底的に献身的になる。それも好きでやってるんじゃない。とても苦しそうに……。

ナネッテ　……。（「え？」とマリアを見る）

マリア　ヨゼフィーネの言葉よ。でも、ほんとにそう。今だって。

彼らは闇に包まれ、ベートーヴェンが一人駆け込んでくる。

カールを探しているのだ。

と、暗がりの中、物陰に隠れているカールを見つける。

ベートーヴェン　カール、そんなところに。

と、カールと一緒にヨハンナがいることに気づく。

ベートーヴェン　どけ、カールは私の物だ。

ヨハンナからカールを引き剝がすベートーヴェン。
ヨハンナ、闇に消える。

ベートーヴェン　なぜだ、カール。私はお前にすべてを与えた。それなのに、あんな女をなぜ恋しがる。

と、マリアが駆けつける。そこはベートーヴェンの部屋だ。

マリア　どうしたの⁉
ベートーヴェン　こいつはまたヨハンナのところに逃げ帰っていた。

カール　いい加減にしてくれ。僕がどこにいようと僕の勝手だ。

ベートーヴェン　お前の親権は私にある。あのばかな女が何度言っても同じ事だ。そうだな、マリア。

マリア　確かに親権裁判で完全に勝利しました。でも、だからといってあまり乱暴なのは……。

ベートーヴェン　裁判所命令であの女がお前に近づくことは許されない。

カール、怒ったように会話帳に殴り書きしながら言う。

カール　僕のかあさんだ、あの女呼ばわりするな。

ベートーヴェン　あんな愚かな女、あの女で充分だ。いいか、カール。お前は私のあとを継ぐ。そのために私はあらゆることを惜しまなかった。だから裏切りは許さん。私の言うことが絶対なのだ。

カール　(つぶやく)……僕の人生は僕の物だ。

マリア　……カール。

カール　だから僕の手に取り戻す。

何かを決意したカールの顔。

カール　（マリアに）今の言葉は、書かなくていい。

そう言うとふらりと出ていくカール。
呆然とするベートーヴェン。再び、彼の周りは闇になる。

ベートーヴェン　……なぜだ、なぜあの子は逆らう。私はすべてを与えているのに……。この間だってそうだ。軍人になりたいなどとくだらないことを言って、友人の前で恥をかかせた。

会話帳に書きながら会話するマリア。

マリア　……この間？　第九の演奏会のこと？
ベートーヴェン　ああ。
マリア　あれはもう二年前よ。
ベートーヴェン　え。
マリア　あれから何度も法廷でヨハンナと争って、やっとウィーン市の参事会からカールの単独後見人の権利を認められたんじゃない。
ベートーヴェン　……そんな。

マリア　大丈夫？

混乱するベートーヴェン。

ベートーヴェン　……気分が悪い。

座り込むベートーヴェン。

別の場所。シルエットでふらふらと若者が現れる。こめかみに銃をあてると引き金を引く。

銃声。倒れる若者。

ハッとするベートーヴェンとマリア。

――暗　転――

【第十五景】

1826年、夏。ヨハンナの家。
ヨハンナとニコラウス、ラヴィックがベッドの前に立つ。ベッドには人が横たわっているが、毛布を掛けられているためはっきりとはわからない。
駆けつけてくるベートーヴェンとマリア。

ベートーヴェン　カールは、カールは大丈夫か。
ニコラウス　ああ、一命はとりとめた。
ラヴィック　銃弾は頭をかすめただけだ。発見が早かったから出血も多くなかったらしい。

マリアが二人の言葉を会話帳に書く。

ベートーヴェン　よかった。
ヨハンナ　あなたよ、あなたのせいでカールが。

そこに入って来るフリッツと数人の警官。

フリッツ　みんな動くな。カールを逮捕する。ルートヴィヒ・ヴァン・ベートーヴェン、お前もだ。

ハッとする一同。マリアが会話帳に書いてベートーヴェンも理解する。

ベートーヴェン　貴様。

フリッツ　自殺未遂の司法権は警察にある。お前の甥は総合病院に入院させる。そのあと事情聴取だ。ルートヴィヒ。さんざん裁判でもめたようだが、これで終わりだな。さ、連れて行け。

警官達に命じるフリッツ。

ベートーヴェン　だめだ、カールは渡さない！　どこだ、カール！　私の可愛いカール‼

ラヴィック　そこだよ。彼はそこにいる。

と毛布をかけられた人物をさす。

ベートーヴェン　カール！

と、毛布をはぐベートーヴェン。

そこに横たわる一人の青年。頭に包帯を巻いている。前景ラストで頭を銃で撃った若者だ。起き上がるとベートーヴェンを睨む。

キョトンとするベートーヴェン。

ベートーヴェン　……これは誰だ。

マリア　誰って、カールじゃない。

ベートーヴェン　こんな男は見たことがない。私のカールは。可愛いカールはどこに行った。

と、青年が言う。

青年カール　僕だよ。カールは僕だ。

ベートーヴェン　こいつは何を言っている。なんでカールのふりをする。

マリア　彼がカールよ。彼をひきとってからもう9年よ。いつまでも子供じゃない。（言い

ながら筆記する）

ベートーヴェン　違う。私のカールは、従順で幼いカールは、どこに行った。

青年カール　おじさんはいつもそうだ。本当の僕を見ようともしない。あなたの中ではいつまでも子供のカールなんだ！

フリッツ　……どういうことだ。

ラヴィック　まさか、彼にはずっと幼い姿で見えていたのか。

ベートーヴェン　（と、ラヴィックを睨み）またか、またお前か。とうさん！

ニコラウス　え。

ベートーヴェン　笑うのか、僕を。だけど、僕は違う。絶対にあなたみたいにはならない。

マリア　先生。

ラヴィック　混乱しているね。

ベートーヴェン　僕はあなたのようにはならない。かあさんを殴らない！　酒に溺れない！　僕は僕の家族を守ってみせる。絶対に最後まで愛する。カールのことだって絶対に。

ラヴィック　だったら、彼の姿をみなさい。本当のカールの姿を。あなたの頭の中のカールじゃない。本当のカールを。

その言葉を理解したのか、青年カールを見つめるベートーヴェン。

ベートーヴェン　……あれがカールか。あの青年が。
ラヴィック　そうだ。そして私はラヴィック。あなたの父親なんかじゃない。医師のラヴィック
だ。
ベートーヴェン　……でも、でも私は見ていた。私の可愛いカールは確かにいたんだ。
ラヴィック　それは違う。
ベートーヴェン　あの子と音楽だけは永遠に私のそばにある。そう信じていたのに。

混乱していくベートーヴェン。彼の頭の中の音楽が彼を包む。すこしずつ音程がずれていき不協和音になる。

ベートーヴェン　たとえ耳が聞こえなくなっても、私の頭の中には音楽が鳴り響いている。この音楽を五線譜に写せばいい。そうすれば、私の音楽はこの世に表せる。たとえ子供がいなくても、カールがいる。私の音楽を引き継いでくれる。そうすれば、私の音楽はこの世に残せる。そう思っていた。
青年カール　……無理だよ。僕には無理だ。偉大なるベートーヴェンを受け継ぐ才能なんてありはしない。あなたは一度も僕を見はしなかった。
ベートーヴェン　待て。じゃあ、じゃあ、この私の頭の中の音楽は。完璧だと信じていた音楽も幻か。私の頭の中でだけ鳴り響いていただけだったのか。

愕然とするベートーヴェン。

と、突然、それまで頭の中で鳴り響いていた音楽が消える。

マリア達の声も届かない。完全なる静寂がベートーヴェンを襲った。暗闇に包まれる。

ベートーヴェン　……音が消えた。頭の中の音が。音楽が。これが私か。本当の私か。何が天才だ。何が芸術だ。結局、すべては私の独りよがりにすぎなかった。

膝をつくベートーヴェン。

マリア、彼に近づき、ゆっくり抱きしめる。

ベートーヴェン　……マリア、私はもうだめだ。

ベートーヴェンがマリアの胸に顔をうずめる。抱きしめるマリア。

ベートーヴェン　……マリア。（彼女の胸で泣く）。

マリア　……でも、ほんとにそうかな。

ベートーヴェン　……。

マリア　耳は聞こえないかも知れない。でも、あなたの魂が何かを聞いていない？

ベートーヴェン　……。

と、かすかに規則正しいリズムがベートーヴェンに聞こえてくる。
だんだんそのリズムは強く早くなっていく。

ベートーヴェン　……聞こえる。リズムが、だんだん強く早く。

マリア　そう、これは私の鼓動。あなたの音楽を聴いて高鳴る私の心臓のリズム。初めてあなたの演奏を聴いた時から刻み続けているの。

ベートーヴェン　え。

マリア　他の人もそう。あなたの音楽は消えない。観客である私達の中で生きてるの。

ベートーヴェン、マリアから離れ周りを見る。
マリアやニコラウス、ラヴィック、カール、ヨハンナ。それぞれを見るベートーヴェン。
徐々にまた彼を音楽が包んでいく。

ベートーヴェン　なんだ、これは……。

マリア　あなたは天才よ。あなたの音楽は、多くの貴族の、音楽家の、市民の、あなたの音楽を聴いた人々全ての心を震わせた。そう、あなたの音楽が人々の心に触れれば、魂が響くの。心を込めてピアノやバイオリンの弦を弾けば素晴らしい音が鳴るように。

ベートーヴェン　……マリア。

マリア　私は響く。あなたの音楽に。私だけじゃない。聴いている人々すべてが。私達もまた弦であり管であり鍵盤なの。

ベートーヴェン　……ああ、そうか。人もまた楽器なのか。

マリア　思い出して。交響曲第九番の演奏会を。あの時の大喝采を。

音楽とともに喝采がベートーヴェンの耳にも聞こえてくる。

ベートーヴェン　そうだ。楽器だけが楽器じゃない。歌手だけが歌手じゃない。ステージ上も、客席も全てが響いていた。

マリア　それだけじゃない。

ベートーヴェン　……え。

マリア、ベートーヴェンをじっと見つめる。
その視線にベートーヴェン、ハッとする。

ベートーヴェン　……私もか。

うなずくマリア。

ベートーヴェン　ああ、そうだ。確かにそうだ。私の頭の中の音楽は、私だけの物じゃないんだ。お前達全ての響きを受けて、私そのものが共鳴する。人々が、お前が、私が、全てのものが響き合う。

すっくと立つベートーヴェン。
カールを見つめるベートーヴェン。
彼の会話にもう会話帳は必要ない。

ベートーヴェン　カール、今まで縛りつけて悪かった。お前はお前の道を行くがいい。
カール　おじさん。
ベートーヴェン　ただ、今は、もう一度だけ響いてくれるか。私の音楽に。

カール　はい。

と、叫ぶフリッツ。

フリッツ　ふざけるな、また音楽か！　俺は屈服しないぞ、貴様の音楽なんかに！

と、ベートーヴェン、フリッツを見つめる。

ベートーヴェン　それでいい。お前はお前の歌を歌え。

フリッツ　なに……。

ベートーヴェン　その激しい怒りも嫉妬も全部くれ。お前の感情が、お前の響きが、新しい音楽を生む。

フリッツ　……ルイス。

ベートーヴェン　これはお前の、いや私たち全員の音楽だ。それこそが、歓びの歌じゃないか。

フリッツの身体から力が抜ける。

フリッツ　（警官達に）引き上げるぞ。

驚く警官達。

フリッツ　軍人志望の若者が、銃の手入れに失敗して起こした事故だ。警察の仕事じゃない。

踵を返して立ち去るフリッツ。警官達も去る。

ベートーヴェンが大きく声をかける。

ベートーヴェン　喝采せよ、友よ。喜劇は終わった。だが、音楽は終わらない。

と、その声と同時に群衆が姿を見せる。

彼らとすれ違うフリッツの足が止まる。振り向きベートーヴェンを見つめる。どこか悔しいようなどこか清々しいような表情。

それまでこの場にいた人々もその群衆にまじる。

ベートーヴェンの人生と交差した人々も一堂に会する。ヨゼフィーネ、カスパール、ナネッテ、アンドレアス、メルツェル、少年カール……。その中にはヴィクトルの姿もある。微笑むヴィクトル。うなずくベートーヴェン。満足そうに彼らを見るとマリアに声をかける。

ベートーヴェン　手伝ってくれるか。私の音楽の追究を。頭の中だけじゃない。人々の魂の響きが聞こえる音楽の追究を。この命が果てるその日まで。

マリア　ええ、喜んで。

人々を見回すと、大きく手を振り上げるベートーヴェン。

ベートーヴェン　友よ、もっと素晴らしい歌を歌おう。喜びとともに！

人々が『歓喜の歌』の歌を歌い始める。

指揮をするベートーヴェン。

響き渡る歌声。マリアもベートーヴェンもその歌声の中に溶けていく。

《No.9 ―不滅の旋律―》――幕――

あとがき

『ジャンヌ・ダルク』で演出家としての白井晃さんと出会い、非常に手応えを感じたので、是非また一緒に仕事がしたいと思っていた。

そんな時、『ジャンヌ』でもご一緒したＴＢＳの演劇プロデューサーの熊谷信也さんが「同じコンビでベートーヴェンの第九を題材にした芝居をやりませんか」と声をかけてくれた。

なぜ、熊谷さんがそんな企画を僕にふったのか、今でもよくわからない。

自分も自分で、「やりたいですね」と簡単に答えてしまった。

しかも、「今回は原案は必要ない」とまで言ったらしい。

『ジャンヌ・ダルク』の時は、佐藤賢一さんという、中世ヨーロッパに関してはオーソリティと言える作家がまず原案を作るという話だった。

佐藤さんは僕もファンだったので、安心して依頼を受けられた。中世ヨーロッパなど門外漢の自分だが、彼の基本プロットを信じていれば間違いない。素直にそう思えたのだ。

それが今回は、クラシック音楽も19世紀のウィーンも詳しくないのに、なんで一人でやるなんて言えたのか、今でもその時の自分の強気がよくわからない。

実際、構想段階に入った所で、なかなか物語の根幹のアイディアがつかめず、なぜ識者に原案を頼まなかったのか、さんざん後悔したものだ。

かなり偏屈な性格。甥のカールへの異常とも言える執着。だが音楽家としては致命傷となる難聴という病気を抱えながら、あれだけの傑作を作った人物。

それなりにひっかかる要素はあるのだが、軸になる何かが足りない、物語の芯が通らない。焦っていく中で、たまたまナネッテ・シュトライヒャーという人物に出会った。ウィーンでも人気のあった女性ピアノ製作者。ベートーヴェンともピアノを共同開発している。この時代の女性が、技術者として、一流の音楽家と対等に仕事をしている。今の時代では想像出来ない苦労があっただろう。

あまり資料が残っているわけではない。だが、彼女の存在を知ることで、ウィーンの町に生きるベートーヴェンのイメージが見えた気がした。

そうすると1800年から1814年のウィーン。ナポレオン軍の侵攻からウィーン条約と揺れる時代が、今の日本にも奇妙にリンクすることに気づいた。ナネッテの妹、マリアという架空の人物を設定することで、ドラマの展開上の自由度をあげて、ようやく自分なりに『No.9』という物語の骨子が出来たのだ。

とっかかりは苦しかったが、結果的に新鮮な作業が出来たようだ。活劇ではない、本格的な会話劇は久しぶりだ。苦労した分、忘れられない作品になりそうだ。

最後に、資料調査に協力してくれた樋口七海さんに感謝の念を。彼女がナネッテ・シュトライヒャーを見つけてくれたことで、この作品の突破口が見えたのは、先にも述べた通りだ。

二〇一五年八月下旬　中島かずき

上演記録

「No．9―不滅の旋律―」

【出演】

ルートヴィヒ・ヴァン・ベートーヴェン：稲垣吾郎

マリア・シュタイン：大島優子

ヨハン・ネポムク・メルツェル：片桐 仁
ナネッテ・シュタイン・シュトライヒャー：マイコ
ニコラウス・ヨーハン・ベートーヴェン：加藤和樹
ヨハン・アンドレアス・シュトライヒャー：山中 崇
フリッツ・ザイデル：深水元基
カスパール・アントン・カール・ベートーヴェン：施 鐘泰（JONTE）

ヨハンナ：広澤 草
カール・ヴァン・ベートーヴェン（青年）：小川ゲン
兵士他：薬丸 翔
ルートヴィヒ・ヴァン・ベートーヴェン（子供）
／カール・ヴァン・ベートーヴェン（少年）：山崎雄大

ヨゼフィーネ・フォン・ブルンスヴィク：高岡早紀

ヴィクトル・ヴァン・ハスラー：長谷川初範
ヨハン・ヴァン・ベートーヴェン／ステファン・ラヴィック：田山涼成

ピアノ：日下譲二　末永 匡　佐藤文雄

ソプラノ：泉 佳奈　宇佐美悠里　小塩満理奈　鬮 さや香　髙井千慧子
メゾソプラノ：板橋えりか　中川裕子　中野優子　長谷川友代　南 智子
テノール：岡嶋晃彦　斎木智弥　佐藤慈雨　平塚寛人　藤崎優二
バス：川口大地　黒田正雄　酒井俊嘉　堺 裕貴　比嘉 誉

【スタッフ】
演出：白井 晃
脚本：中島かずき（劇団☆新感線）
音楽監督：三宅 純

美術：松井るみ
照明：高見和義
音響：井上正弘
衣裳：前田文子
ヘアメイク：川端富生
映像：栗山聡之
アクション：渥美 博
演出助手：河合範子
舞台監督：田中政秀
技術監督：白石良高
制作：笠原健一、滝口久美、重田知子
音楽コーディネート：飯島則充
宣伝：ディップス・プラネット
アシスタントプロデューサー：高木理恵子、渡邉陽子、茗荷麻由（TBSテレビ）
プロデューサー：熊谷信也（TBSテレビ）

【東京公演】
2015年10月10日(土)〜25日(日)
赤坂ACTシアター
主催:TBS/キョードー東京/イープラス

【大阪公演】
2015年10月31日(土)〜11月3日(火・祝)
オリックス劇場
主催:朝日放送/サンライズプロモーション大阪

【北九州公演】
2015年11月13日(金)〜15日(日)
北九州芸術劇場大ホール
主催:RKB毎日放送

企画・製作:TBS

中島かずき（なかしま・かずき）
1959年、福岡県生まれ。舞台の脚本を中心に活動。85年4月『炎のハイパーステップ』より座付作家として「劇団☆新感線」に参加。以来、『髑髏城の七人』『阿修羅城の瞳』『朧の森に棲む鬼』など、“いのうえ歌舞伎”と呼ばれる物語性を重視した脚本を多く生み出す。『アテルイ』で2002年朝日舞台芸術賞・秋元松代賞と第47回岸田國士戯曲賞を受賞。

K. Nakashima Selection Vol. 24
No.9 不滅の旋律

2015年10月10日　初版第1刷印刷
2015年10月20日　初版第1刷発行

著　者　中島かずき
発行者　森下紀夫
発行所　論創社
東京都千代田区神田神保町2-23　北井ビル
電話 03（3264）5254　振替口座 00160-1-155266
印刷・製本　中央精版印刷
ISBN978-4-8460-1481-0　

K. Nakashima Selection

Vol. 1—LOST SEVEN	本体2000円
Vol. 2—阿修羅城の瞳〈2000年版〉	本体1800円
Vol. 3—古田新太之丞 東海道五十三次地獄旅 踊れ！いんど屋敷	本体1800円
Vol. 4—野獣郎見参	本体1800円
Vol. 5—大江戸ロケット	本体1800円
Vol. 6—アテルイ	本体1800円
Vol. 7—七芒星	本体1800円
Vol. 8—花の紅天狗	本体1800円
Vol. 9—阿修羅城の瞳〈2003年版〉	本体1800円
Vol. 10—髑髏城の七人 アカドクロ／アオドクロ	本体2000円
Vol. 11—SHIROH	本体1800円
Vol. 12—荒神	本体1600円
Vol. 13—朧の森に棲む鬼	本体1800円
Vol. 14—五右衛門ロック	本体1800円
Vol. 15—蛮幽鬼	本体1800円
Vol. 16—ジャンヌ・ダルク	本体1800円
Vol. 17—髑髏城の七人 ver.2011	本体1800円
Vol. 18—シレンとラギ	本体1800円
Vol. 19—ZIPANG PUNK 五右衛門ロックⅢ	本体1800円
Vol. 20—真田十勇士	本体1800円
Vol. 21—蒼の乱	本体1800円
Vol. 22—五右衛門vs轟天	本体1800円
Vol. 23—阿弖流為	本体1800円